외눈이
마을
그 짐승

외눈이 마을 그 짐승

김영석 시집

문학동네

서문

사람은 의미를 가지고 생각한다. 그리고 사람은 또한 의미화 이전의 자연과 현실 자체를 느끼기도 한다. 의미를 가지고 생각하는 것은 간접적이고 부분적이며 기계적인 것이다. 그러나 자연과 현실 자체를 느끼는 것은 직접적이고 전체적이며 생명적인 현상이다.

오늘날 사람들은 무엇이든지 의미를 가지고 이리저리 비교하면서 생각하기를 좋아한다. 사고만능주의에 빠져 지적 조작에 여념이 없다. 그래서 점차 생명과 자연으로부터 멀어지고 의미로 구축된 창백한 의사현실 속에서 살아간다. 시도 마찬가지다. 의미의 지적 조작이 도를 넘었다.

생각은 두뇌에서 일어나는 기계적 조작이기 때문에 간접적이지만 명료하고, 느낌은 온몸에서 일어나는 생명적이고 자연적인 현상이기 때문에 직접적이지만 모호하다. 두뇌에서 일어나는 명료한 개념적 앎은 물리적 세계를 바꾸고 이용할 수 있는 힘을 주기 때문에 인간생활에 반드시 필요한 것이지만, 온몸에서 일어나는 모호한 느낌은 자연 혹은 생명과 직접 교감하면서 인간의 삶이 가진 참다운 뜻을 깨닫게 해주는 힘이 있기 때문에 또한 반드시 필요한 것이다.

오늘날 사람들은 명료한 앎에 길들어 모호한 느낌에 안주할 줄 모르고 점점 신경질적으로 변하고 있다. 생각할 줄은 알아도 느낄 줄은 모른다. 생각은 인위적 조작이지만 느낌은 자연적 본능이다. 본능의 생명적 힘은 쇠미해지고 조작하는 인위적 기교는 늘어만 간다. 이런 상황에서는 생명의 꽃인 사랑이 피어날 수가 없다.

나는 그래서 동양의 전통적 시정신의 한 핵심에 닿아 있는 관상시(觀象詩)를 시도해보고자 하였다. 관상시란 한마디로 의미 위주의 시가 아니라 느낌 위주의 시라 할 수 있는데, 이 시집의 제3부에 수록된 시편들이 그것이다. 관상시에 대한 이론적 설명이 필요한 사람은 이 시집의 부록에 붙인 「관상시에 대하여」와 내가 쓴 『道의 시학』을 읽어보기 바란다.

그리고 첫번째 시집에서부터 몇 편씩 선보인 바가 있는 사설시(辭說詩)를 이번에도 제4부에 끼워넣었다. 편의상 사설시라 부르는 것은 산문으로 된 이야기를 배경으로 두고 쓴 시로서, 시와 산문이 하나의 구조로 결합되면서 좀더 높은 수준의 새로운 시적 영역이 열릴 수 있도록 시도해본 것이다.

끝으로 이 시집을 마무리할 수 있도록 편안한 집필실과 여러 가지 편의를 제공해준 백담사 만해마을과 시집 출판을 맡아준 문학동네에 깊이 감사한다.

2007년 계묘 따뜻한 날
楞伽山 洗雪軒에서
김 영 석

차례

서문

1부

1부

길은 다시 길을 찾게 한다

길은
다시 길을 찾게 한다
길에 갇힌 나그네여
어디서나 푸르게 솟는
저 이름 없는 잡초를 보라
너의 온몸과 마음이
늘 푸른 길이 되어라.

바람 속에는

바람 속에는 바람 속에는
아직 먼 숲을 향해 달려가는
수많은 짐승들이 살고 있습니다
샛바람 하늬바람 속에는
샛바람 하늬바람 짐승들이 달려가고
마파람 높새바람 속에는
마파람 높새바람 짐승들이 달려갑니다
실상 바람이 부는 소리는
그 많은 짐승들의 숨소리요
그 어린 새끼들이 칭얼대며 우는 소리입니다
바람 속에는 바람 속에는
아직 모양도 이름도 없어
우리가 영 알 수 없는 짐승들이
먼 숲을 꿈꾸며 살고 있습니다.

잃어버린 것

아주 먼 옛날에
무엇인가 잃어버린 것이 있다
내내 살아오면서
문득문득 그리워지는
무엇인가 잃어버린 것이 있다
잃어버린 것이 남긴 그 빈 곳에
산도 있고 바다도 있고
낯선 도시도 수많은 책도 있지만
날 저물도록 안타까이 헤매어도
여전히 어디나 빈 곳이 있다
고향에서 또 아득히 고향이 그립듯이
무엇인가 잃어버린 것이 있다

오늘은 그 빈 곳에
마른 길섶의 풀줄기 하나가
빈 열매 껍질을 단 채
바람에 흔들리며 버석거린다.

산도 흐르고 들도 흐르고

강물만이 흐르는 것은 아니다
산도 흐르고 들도 흐르고
마음 안팎에
그대가 지은 굳건한 집도
집에서 여기저기 도시로 가는
그 많은 길들도 강물처럼 흐른다
바람이 갈 길을 부산하게 서두르는
수수밭가에 서서
텅 빈 그대의 가슴속
그 저무는 하늘가 초승달을 보라
풀잎 하나가 안쓰러이
붙잡고 있는 초승달을 보라
흐르는 것은 강물만이 아니다.

모든 구멍은 따뜻하다

살아 있는 것들은 모두
제 구멍 속에서 태어나
제 구멍 속에서 살다 간다
천지는 큰 구멍 속에서 살고
천지간에 꼼지락거리는 것들은
저만한 작은 구멍 속에서 산다
바람이 불면 구멍마다 서로 다른
갖가지 피리 소리가 난다
딱따구리도 굼벵이도
제 구멍 속에서 알을 품고 새끼 치고
싸리꽃은 제 구멍만큼 흔들리면서
씨앗을 흩뿌린다
빈 구멍들의 피리 소리도 아름답지만
크고 작은 구멍의 허공은
자궁처럼 참 따뜻하다.

경전 밖 눈은 내리고

부처님은 보리수 아래서 크게 깨닫고 난 뒤
몇 달 동안 침묵 속에 그대로 앉아 있었다
자신이 똑똑히 보고 깨달은 이 세계의 참모습이
너무나 미묘하고 그윽하여
도무지 말로는 전하기가 어렵거니와
아무리 말한다 해도 사람들이 알 수가 없어
자신만 지칠 뿐이라고 생각했기 때문이다
그런데 범천왕이 하도 조르는 바람에
드디어 침묵을 깨고 설법한 지 사십구 년
갠지스 강의 모래알보다 몇 배나 많은
팔만대장경의 말씀들을 하고 말았다
그리고 맨 마지막으로
말귀가 좀 트인 몇 제자들에게
자신은 사십구 년 동안 쉬지 않고 설법을 했지만
사실은 한마디도 하지 않았노라고
한 말씀을 더 보태고
고요히 홀로 입적하였다

부처님이 지쳐버린 팔만대장경
그 경전 밖에서
봄 여름 가을 겨울
꽃은 피고 지고
새는 날고
송이송이 눈이 내린다.

꽃과 꽃 사이

찔레꽃이 없는 빈 자리가
무더기로 싸리꽃을 피워내고
소나무가 없는 빈 곳에 기대어
서어나무는 비로소 제 푸름을 짓는다
서로가 없는 만큼 서로는 비어 있어
그 빈 곳에 실뿌리 내리고
너와 나 풀잎처럼 흔들리고 있으니

그대여 이제 오라
꽃과 꽃 사이
그리고 너와 나 사이
보이지 않는 옛 사원 하나 있으니
아침저녁 어스름에 울리는 종소리 따라
눈 감고 귀 막고 어서 오라
오는 듯 가는 듯 무심히 오라.

고요한 눈발 속에

어느 날 문득
참으로 가진 것도 아는 것도
아무것도 없다고 소슬히 느낄 때
오늘도 내일도 참으로 바랄 것이
아무것도 없다고 조용히 되새길 때

천지에 자욱이 내리는
고요한 눈발 속
홀로 서 있는 나를 본다
풀꽃도 돌멩이도
눈을 맞고 있다.

마음의 불빛

내 마음의 등불을 밝히고
그 불빛 안에 홀로 앉아서
가만히 나를 바라봅니다
나를 생각합니다
세상의 밤은 깊고
바람은 허공을 울리며 달려갑니다
강에서는 갈대가
산에서는 멧새가
들에서는 풀벌레가
저저금 꿈 같은 제 불빛 안에서
한없이 저 자신을 바라보며
생각하고 있습니다

내 마음의 불빛 안에는
밤과 바람과 허공이 있고
갈대와 멧새와 풀벌레의 불빛이
밤하늘의 별처럼 반짝입니다
내 마음의 불빛 안에

한 세상이 잠겨 반짝이듯이
내 마음의 불빛과
그 불빛 안에 반짝이는 한 세상은
그렇게 또
어드메 누군가의 불빛 안에서
아득히 꿈처럼 반짝일 것입니다.

이승의 하늘

태안사 입구에는
작은 연못 하나가 있고
못가 돌탑 위에는
돌로 깎은 커다란 봉새알이 있다
먼 훗날 언젠가는
저 알을 품으러 어미 봉새가 온다는
아주 먼 옛날 전설을 따른 것이다
저 돌탑 위에 봉새알을 두고서
우리가 세세연년 어미 봉새를 기다리듯
봉새 또한
마침내 한번은 품어야 할 알을
천지 밖 어느 오동나무 위에서
한없이 기다리고 있는지도 모른다
그러니 보아라
수억 겁의 세월이 켜켜이 쌓인
이쪽의 저 돌덩이 알과
천지 밖 저쪽의 봉새 사이
이승의 하늘은 얼마나 아름다운가

이쪽과 저쪽에
그 영원한 기다림을 세워놓고
아이들이 푸르게 자라는 걸 바라보며
저 못물에 아롱져 비치는
봄 여름 가을 겨울
그 새맑은 얼굴들을 두고두고 보다니
이승의 하늘은 얼마나 아름다운가.

진흙의 꿈

나는 태초의 진흙으로 빚어졌다고 한다
무릇 흙이란 천하만물을 삭인 것이니
내가 지렁이를 생각한다면
진흙 속의 지렁이가 꿈틀거리는 것이요
날아가는 새를 바라본다면
진흙 속의 새가 비상하는 것이리라
내가 꿈을 꾼다면
진흙 속의 온갖 화석에서 부화(孵化)한
말씀의 성긴 그물로
천하를 밝게 드러내고
장공(長空)에 무지개를 세우는 일이니
아득하여라
진흙의 만 리 밖 꿈이여.

별

헛간에 쌓인
어둡고 고요한 잿더미 속에서
수많은 별들이 반짝인다
이제 봄이 되었으니
밭고랑에 거름으로 재를 뿌리면
별들은 알곡과 씨앗으로 여무리라
어느새 가을바람 속에서
내 몸의 오랜 별들도
잿가루를 풀풀 날리며
한 치 더 가까이
들꽃이랑 돌멩이를 만나리라
지상에서 반짝이는 재의 아들딸
가까이 눈빛 맞추며
설핀 그리움도 익어가리라.

낮달

낮달은 아무도 보지 않는다
빈 나뭇가지가 가리켜 보이거나
홀로 나는 철새가 고요히 비껴갈 뿐
낮달은 아무것도 가진 것이 없어
스스로 빛날 수도 없고
외쳐도 소리가 없고
울어도 눈물이 없다
외딴 웅덩이에 혼자 내려와
희미한 제 얼굴을 비추어보거나
억새밭 너머에서 바람이나 부를 뿐.

대숲

저 뒤안길 대숲에는
우리가 돌아보지 않고 잊어버린
그림자가 바람과 함께 쓸쓸히 살고 있다
달빛이 새어드는 대숲에는
스산한 댓잎 바람에 옷깃을 펄럭이는
우리의 그림자들이 기다리고 있다
언젠가는 꼭 한번 만나야 할
그림자들이 댓잎 바람에 부서지며
기억 속에 서성이고 있다.

바람

산속에는 산이 있고
그 산속에 또 그 산속에
끝없이 산들이 있어
깊고 푸른 침묵의 몸이 되느니
몸속에는 몸이 있고
그 몸속에 또 그 몸속에
끝없이 몸들이 있어
숯같이 어두운 짐승들을 기르나니

골짜기마다 봉우리마다
짐승들의 죽음이 쌓여
짐승들의 무량한 말씀이 쌓이고 쌓여
알 수 없는 한 무덤을 이루었나니
그 무덤에서 일어난 한 줄기 바람이여
푸른 잎 붉은 꽃 지기 전에
고요히 꽃가지를 흔드는 바람이여
꽃가지 그림자를
뜻없이 오래오래 흔드는 바람이여.

나비

적막한 귓속에도
푸른 하늘이 있습니다
그 푸른 고요 속을
한 마리 나비가 요요히 날아갑니다
오늘도
내일도.

무덤에 대하여

사람들의 입에 자주 오르내리는
전설적인 인물들은
그들의 족적이 남아 있는 곳곳에
무덤들을 남긴다
사람들은 어떤 한 무덤을
누구의 무덤이라 이름을 지은 뒤
그것을 철석같이 믿는다
단군 할아버지가 그렇고
최치원 전봉준 등이 그렇다
저윽이 살펴보건대
참으로 이것은 지당한 일이니
무릇 무덤이라 하는 것은
사람이 이름을 지으면 생겨나는 것이다
아예 늙어가지고 세상에 나온
노자의 말씀대로
이름에서 만물이 태어난다 하니
어찌 또한 그 이름이
만물이 묻히는 무덤이 아니겠는가

무덤 속에서 해가 뜨고 달이 지고
철쭉꽃은 붉게 피어나느니
무명(無名)이여
너는 허공 같은 큰 무덤으로 남아 있거라.

모든 것은 제 속의 별을 향해 걷는다

우리 모두
아득한 제 속의 깊이에서 빛나는
별을 향해 끝없이 걷고 있듯이
푸나무도 새들도
먼 산 깊은 강물도
제 속의 별을 향해 한시도 쉼이 없다
가도 가도 아슬히 닿지 않는 별
그 별을 향한 안타까운 그리움으로
들꽃을 하염없이 바라보거나
멀리서 그대와 내가 서로 부르듯
푸나무도 애타게
여린 잎을 바람에 부비고
저물녘 강물은
속울음으로 깊어져 흐른다

막막한 돌 속으로 날이 저물면
우리 모두
아슬한 별빛에 눈물을 아롱이듯

뒤꼍 풀밭은
꺼질 듯 반짝이는 잔별빛 따라
풀벌레 울음소리 자욱하다.

움베르토 에코에게

기호학자이자 소설가인 움베르토 에코는
사람의 말이란
거짓말을 위한 기호라고 주장한다
그리고 거짓말을 할 수 없다면
진실도 말할 수 없는 것이라고 덧붙인다
눈가에 장난기가 남실거리는
거짓말쟁이 소설가 움베르토 에코여
문이란 열어야 닫을 수 있고
닫아야 열 수 있나니
하나의 문이 여닫히는 그림자 속을
허깨비처럼 드나드는 그대를 보라
밀물과 썰물이 개펄을 만들고
그 개펄 위에서 지금도
하얗게 물거품을 피워올리며
제 밥을 짓고 있는 돌게를 보라.

숨바꼭질

꿈을 꾸었다
어느 공터에 버려진 돌멩이 하나가
내 눈빛을 받자
제 속으로 들어가는 문을 열어주어
나는 그 돌멩이의 꿈속으로 들어갔다
반쯤 허물어진 빈집에서
아이들과 함께 숨바꼭질을 하였다
술래가 눈을 감고 하나둘 헤는 동안
어떤 아이는 오동나무 속으로 들어가 숨고
어떤 아이는 섬돌 속으로 들어가 숨고
어떤 아이는 서까래 속으로 들어가 숨고
나는 쑥부쟁이 뿌리 속으로 들어가 숨었다
그런데 기다려도 기다려도
술래는 어디 갔는지 발자국 소리도 들리지 않고
아이들 소리도 들리지 않고
사위가 고요하고 고요하였다

돌멩이의 꿈속에서 나와

나는 또 꿈을 꾸었다
술래가 되어 아이들을 찾아 헤매는데
오동나무도 섬돌도 보이지 않고
서까래도 쑥부쟁이도 보이지 않고
아이들 머리카락도 보이지 않았다
빈 공터를 여기저기 헤지르며
아이들과 풀꽃과 나무 이름을
내가 아는 온갖 이름을
목이 메어 부르고 또 불렀다
메아리도 없이 사위가 고요하였다

공터에 버려진 돌멩이 하나가
이름을 부르다 지친 나를 물끄러미 보더니
내 속으로 들어와 꿈을 꾸기 시작했다
돌멩이는 돌멩이의 꿈을 꾸면서
사막처럼 끝없이 돌멩이를 낳고 낳았다
내 눈에서 눈물이 방울방울 땅으로 떨어졌다
무겁게 떨어지는 눈물은

돌멩이가 낳은 돌멩이가 낳은 돌멩이들이었다
저물도록 소리없이 울고 또 울었다
사위가 고요하고 고요하였다.

나의 삼매(三昧)

예전에 나는
눈 속으로 들어가서
아름다운 풍경에서 일어나고
귓속으로 들어가서
맑은 솔바람 소리에서 일어나고
콧속으로 들어가서
향그러운 과일에서 일어났다
그러나 요즈음 나는
쓰레기 속으로 들어가서
눈부신 장미꽃에서 일어나고
새소리 속으로 들어가서
막막한 바닷소리에서 일어나고
거름 속으로 들어가서
쓰디쓴 씨앗에서 일어난다
그리고 더러는
참말 속으로 들어가서
거짓말에서 일어나고
거짓말 속으로 들어가서

참말에서 일어난다.

아지랑이

먼 산에 아지랑이가 있어
눈으로 그것을 보는 것이 아니다
우리의 눈빛이 닿는 곳에서
비로소 아지랑이는 피어오른다
우리의 눈빛으로 피어나는
저 꿈결 같은 아지랑이 속에서
푸른 산색이 돋아나고
별들은 이슬 속에서 반짝인다
아지랑이는 살갗처럼 따뜻하고 부드러워
단단한 바위의 가슴도 열고
감추인 바다를 보여주느니
아득한 물이랑의 어느 섬에서
오늘도 내 눈빛을 기다리고 있는 그대여
너와 나의 눈빛 끝에서
아지랑이가 피어나고
바람이 인다.

2부

달

실개울들이 강물을 이루어
저저금의 짠맛을 서서히 잃으며
하나의 맹물이 되어 흘러가듯이
서서로 제 얼굴을 지닌 만물은
얼굴 모서리들이 닳아지면서
하나의 맹물이 되어 흘러가느니

그 맹물에 뜬 달아
풀잎 그림자도 지우며
새로 돋은 옛 달아.

구만 톤의 어둠이 등불 하나 밝히다니

내가 모르는
무한대 캄캄한 미지의 세계가 있어
내가 아는
한 줌 밝은 세계가 있을 수 있다니
참 기막힐 일이다
캄캄한 어둠이 둘레에 있어
등불이 겨우 제 주변을 밝힐 수 있다니
등불 하나 밝히는 데에
구만 톤의 어둠이 있어야 한다면
등불 두 개에 십팔만 톤 세 개에 이십칠만 톤
등불이 많으면 많을수록
어둠은 기하급수로 무섭게 불어나서
불빛은 되레 흐릿한 반딧불로
한 알 먼지 알갱이로 줄어들다니

낟알을 먹고 물 마시고 숨을 쉬면서
낟알과 물과 공기를 있게 하는 그 배경을
낟알과 물과 공기가 나를 살려내는

그 수억만 톤의 캄캄한 배경을 어찌 다 알리
내 몸도 마음도
어둠이 지은 밥을 먹고 살아왔다니
어둠의 밥이 겨우 밝혀놓은 불빛이었다니

가볍게 날고 기는 새야 벌레야
나는 태산 같은 어둠의 짐이 너무 무거워
도무지 꼼짝할 수가 없다
내 짐을 좀 가져가고
네 불빛 좀 나누어다오.

마음 밭 푸른 잡초

가을날 나무들이
서둘러 뿌리로 돌아가면서
무성한 잎들을 하나씩 떨구듯
사람도 나이가 들면
아침 저녁 말수가 줄어들면서
온 세상 잡동사니 실어나르던
말들을 시나브로 떨구게 된다
잎 떨군 가지 사이로
끝없이 맑은 하늘이 보이듯
말과 말 사이
한없이 깊고 푸른 고요가 드러난다
그 고요를 열고 맨발로 들어가보라
하늘과 맞닿은 드넓은 마음 밭에
어느새 소리 잃은 말들이
온갖 싱싱한 잡초가 되어
조용히 바람에 흔들리고 있다
그 이름 없는 잡초와 나란히 서서
조용히 바람에 흔들려보라

하늘 끝에선 듯 땅 끝에선 듯
너와 나의 한 핏줄에선 듯
골 깊이 흐르는 물소리가 들린다
다 함께 흔들리며 흔들리며
그 물결 무수한 은비늘 되어
오래오래 아스라이 흘러가보라.

돌담

막막한 세상의 끝
천지에 더이상 갈 곳이 없고
더이상 나아갈 길이 보이지 않을 때
나는 홀로
돌담을 마주하고 선다
조용히 돌거울을 들여다보면
거기 내가 길이 되어 누워 있다
지평선 너머로 사라지는 한 줄기
길이 되어 외롭게 누워 있다.

우리 모두 거울이 되어

눈에 보이고 귀에 들리는
모든 것들이 거울이 되어
서로를 비추고 나를 비춘다
이 온갖 거울들이 아니면
내 어찌 나를 알 수 있으리
바위에 비쳐 비로소 흔들리는
한 줄기 풀잎 끝에 초승달이 흐르고
날아가는 작은 멧새의 날개에
큰 산이 가볍게 실려간다
강물 소리에 저문 들이 다소곳해질 때
내가 조용히 눈을 감는 까닭은
내 마음의 하늘에 별들이 돋아나고
바람은 허공을 울리며 불어가기 때문이다
다함없는 온갖 거울들이 아니면
저 먼 별들이 아니면
내 어찌 무엇을 그리워할 수 있으리.

만물이 지나가는 길

서리 낀 저녁하늘
줄지어 철새들이 날아간다
어느덧 내 안의 길을 지나
하늘의 길 따라 날아간다
강물이 내 안 어딘가 물길을 지나
굽이굽이 벌 끝으로 흐르고
노루 사슴이 내 안의 오솔길을 벗어나
어드메 깊고깊은 산길을 달린다
가랑잎도 바람에 불려
내 안 어느 공터를 구르다가
이슥한 뒤안으로 돌아간다

오늘도 돌탑에 기대어 서서
내가 바로 하나의 길이었다고
다시 한번 조용히 깨닫는다
내 마음의 밝음과 어둠
슬픔과 그리움과 쓸쓸함이
내 안의 길목을 지나가는

한갓 만물의 기척이었다고
다시 한번 조용히 깨닫는다.

재(灰)의 사상

한 줌의 재를 보았는가
만일 당신이 보았다면
그것은 마음의 재와 같은
한낱 기억의 흔적일 뿐
아무도 재는 볼 수가 없다
이 세상의 모든 길들이
어디선가 나와 어딘가로 사라지고
날아가던 새가 지평선에서
푸른 포물선을 그리며 떨어질 때
우리는 문득 재를 떠올리지만
책을 읽거나 말을 할 때
자음과 모음이 이어지는 사이에서
어렴풋이 재의 침묵을 느끼지만
실상 우리는 재를 볼 수가 없다
재는 너무도 크고 고요하여
우리는 꽃을 보고 노래할 뿐
결코 그것을 볼 수가 없다.

아무 일도 없다

그림자도 지지 않는
고요하고 가없는 하늘이
때가 되면
형형색색 피고 지는 꽃들을 보여주고
점점이 날아가는 새들을 보여준다

아무 일도 없다

흰 갈꽃숲을 백마가 달리니
비로소 바람이 부는 것을 알고
밝은 달에 백로가 깃드니
쓸어놓은 마당이 호젓이 밝다

아무 일도 없다.

수리

수리는 떼를 짓지 않는다.
— 이소(離騷)

눈 덮인 겨울산
천 길 벼랑에
한 마리 수리가 살고 있다
바람과 벼랑이 낳고
푸른 하늘이 기른
수리 한 마리가
내 마음 벼랑에
홀로 살고 있다.

똑같은 그 이야기

내 어릴 적 긴 겨울밤
나는 할머니의 이야기를 들으며 잠들곤 했다
할머니도 반쯤 잠이 들어
이따금 마당귀를 구르는 가랑잎 소리처럼
간간이 이어지던 날마다 똑같은 그 이야기
옛날 옛날 아주 먼 옛날
어디 어딘가 거기 한 부잣집에
산보다도 더 큰 곡식 곳간이 있었는데
영영 줄지도 않는 곳간이 하나 있었는데
그 곳간의 어두컴컴한 구석에는
주인도 모르는 쥐구멍이 하나 있었는데
밤마다 큰 쥐 작은 쥐 수도 없이 나와서
낟알을 물고 다시 저희 구멍 속으로 들어가는데
큰 쥐 작은 쥐 아주 끝도 없이 들어가는데
큰 쥐 한 마리가 막 들어가고
작은 쥐 한 마리가 이어 또 들어가고
또 한 마리 들어가고
또 한 마리가……

모두 먹고살아야 하니까
모두 살아야……

내 아주 어릴 적 긴긴 겨울밤
나는 어머니의 따뜻한 등에 업힌 채
어딘가 먼 밤길을 가곤 했다
들판을 지나고 언덕을 넘고
언제 끝날지 알 수 없는 밤길을 가고 가는데
무슨 짐승 울음소리도 바람에 실려오는데
내를 건너고 다시 산길을 지나가는데
하도나 답답하고 궁금하고 무서우면
이따금 생각난 듯 내가 먼저 되묻고
어머니가 대답하던 날마다 똑같은 그 이야기
어디만—큼 왔—냐
오금만—큼 왔—다
어디만—큼 왔—냐
한 뼘만—큼 왔—다

이제 할머니도 어머니도 벌써 저승에 가시고
나만 혼자 남아 옛이야기를 생각하는데
우리가 사는 세상 어디를 가나
큰 쥐 작은 쥐가 낟알을 물고
아직도 끝없이 제 구멍 속으로 들어가는데
어머니의 대답도 없이
지금도 나는 이따금 혼자 되묻고 있는데
어디만―큼 왔―냐
어디만―큼 왔―냐.

은자(隱者)에 대하여

먼 옛날부터 이어져내려오는
은자에 대한 전설을 곧잘 듣는다
모든 은자는
우리가 알 수 없는 아무 때 아무 데에서
아무 아무 일을 하다가 아무것을 깨달아
아무 때 아무 데로 홀연히 사라져버린다
그래서 이 세상에는
은자가 어디서 무엇을 하며 사는지
어떤 모습을 하고 숨어 있는지
진짜로 아는 사람이 아무도 없다
그러나 가령 허물어진 담벼락 틈에
실뿌리를 내린 풀잎 하나가
고요히 실바람에 흔들리는 것을 보거나
인적 끊긴 어느 산모퉁이
손바닥만한 양달에 숨어 핀 자디잔 꽃을 보거나
까치가 물고 가다 놓친 삭정이 하나가
무슨 씨앗처럼 구름밭으로 떨어지는 것을
하염없이 바라보고 있을 때

우리는 비로소 이 세상 어딘가에 은자가 숨어
정말로 무엇인가 하고 있다는 것을
참으로 아득히 깨닫게 된다
진실로 이 세상에 은자가 없다면
저잣거리의 난장판 어느 구석에서
햇살에 조용히 몸 덥히는 맨 흙살을
우리는 영 볼 수도 없고
들판의 말뚝에 매여 되새김질하는 황소의
큰 눈 속 푸른 하늘로 점점이 날아가는
작은 새들이 있다는 이야기를
우리는 영 알 수도 없을 것이다
그래서 은자를 본 사람은 아무도 없지만
이 세상 어딘가에 은자가 있다는 것을
지금도 은자의 전설이 이어지고 있는 까닭을
우리는 저마다 아무 몰래 깨닫곤 한다.

비급(秘笈)에 관한 전설

허공은 아무것도 없는 빈 곳이 아니다.
거기에도 삼천대천세계가 있다.
— 대방광경(大方廣經)

먼 옛날부터 도인들은
우주의 조화 속을 밝힌 비급들을
허공 속에 깊이 숨겨두었다고 한다
오랜 세월 수많은 사람들이
이 비급을 찾아 평생 헤매다가
더러는 운 좋게 어느 허공의 갈피로 들어가
허공 속 삼천대천세계의
온갖 동굴과 절벽 틈을 뒤지고 다닌다고 한다
그러나 풀꽃 하나가 피고 지는 데
이승의 수천억 겁 세월이 걸리기에
아직도 아직도 찾고만 있다고 한다
그런데 참으로 기묘한 것은
허공을 뒤지고 다니는 그 사람들은
어쩌다가 운 좋게 그 속으로 들어갔건만
그 사실은 까마득히 잊어버린 채
자신들은 이승의 온갖 곳을 탐색하노라
굳게굳게 믿고 있다는 것이다

그래서 아직도 수많은 사람들이
풀꽃 하나 피고 지는 사이에
비급을 찾아 헤매고 있다고 한다.

넋건지기

침묵의 깊이에 고개를 숙인 이의
가슴속을 들여다보라
까마득한 가슴의 절벽 아래
무량한 슬픔과 눈물이 고인
깊이 모를 소(沼)가 있다
더는 오를 수 없는 그 절벽의 끝에
홀로 섰을 때
흙덩이가 떨어지듯 사람은
제 목숨을 던진다

오늘도 추운 겨울 강가에서
울긋불긋 옷을 입은 무녀 하나와
흰 치마저고리를 입은 여자 서넛이
넋건지기굿을 하고 있다
열 발 흰 무명베 끝에
흰 쌀을 담은 놋주발을 묶어
몇 번이고 절벽 밑 소에 던져보지만
창백한 쌀에 감긴 머리카락 한 올도

끝내 건져내지 못한다

온몸과 넋이 녹고 녹아서
저 깊고 푸른 눈물이 되었음을
그녀들은 아직 모른다
흰 치맛자락이 강바람에 흐느끼고 있을 뿐
물억새가 머리 풀어 흔들며 울고 있을 뿐
열 발의 흰 무명베로도
저 슬픔과 눈물의 바다에 닿을 수 없음을
그녀들은 아직 모른다.

종소리

하늘에 종을 걸고 치는 것은
종소리를 내기 위한 것이 아니다
저 텅 빈 하늘에서
우리 마음 어느 빈 터에서
그 소리를 찾아내기 위한 것이다
잊어버린 그 소리를 되살리기 위한 것이다
한낱 쇠붙이야 소리를 낳지 못한다
종소리는
하늘의 허공과 마음의 허공이
그 안팎이 하나로 부딪쳐
간절한 속뜻으로 울리는 것이다
날마다 새롭게 태어나라고
동트는 새벽 노을 진 저녁
종소리는 한사코 울리는 것이다.

응시

억새가 바람에 흔들린다
흔들리는 억새의 그림자와
나란히 흔들리는 내 여윈 그림자를
가만히 내려다보는
나를 거울 들여다보듯
내가 또 보고 있을 때

누구인가
이 모양을 또 고요히 응시하는 이

돌아보면 그림자는 허공에 져
그 누구는 늘 보이지 않고
어디인가
흐르는 물소리만 아득하다.

어머니

어머니
당신이 이 세상을 떠난 뒤에
나는 처음으로
서녘 하늘 노을을 보았습니다
바람에 부대끼는 강가의 갈꽃들을
한 줌 햇살처럼 뿌려진
산모롱이의 별꽃 앵초꽃들을
나는 처음으로 보았습니다
어머니
당신이 떠난 빈 자리에
산도 있고 바다도 있고
계절 따라 소리없이 돌아가는
별자리도 저리 많다는 것을
나는 비로소 알았습니다
어머니
당신이 지어놓은 이 세상의
온갖 만물들의 이름을
이제 나 혼자

가만히 하나씩 불러봅니다
당신의 뜻을 따라 불러봅니다.

깊은 강

깊은 강은 소리없이 흐른다
푸른 하늘과 흰 구름을 싣고
높고 낮은 산 그리메를 싣고
아득한 세월 어디론가 끝없이 흐른다
강물이 소리없이 흐르는 까닭은
깊은 강심 어딘가에 숨어 있다는
오랜 전설의 황금빛 종
창공에서 울려퍼지는 것이 아니라
푸른 물 속에서 속으로 여울지는
그 종소리를 들려주기 위한 것이라 한다

깊은 강은 소리없이 흐른다
은은한 종소리 파문을 지으며
우리가 잃어버린 미지의 땅
까마득히 잊어버린 마음의 끝으로
오늘도 쉬임없이 흐른다.

그림자

지상에 머무는 모든 것들은
저마다 지평선이 있어
비로소 제 무게와 그림자를 갖는다
지평선 너머로 발돋움하여
해마다 꽃들은 새로 피고
아침마다 새들은 높이 날아오르지만
제 무게와 그림자를 벗지 못하고
이윽고 제 지평선 속으로 떨어진다
날마다 지평선 너머를 꿈꾸면서
그 지평선 너머 미지의 어둠이
바로 빛 속에 드러난 제 얼굴임을
우리는 아직 모른다.

아무도 모른다

깊은 산
산목련에 기대어 잠든다

산목련이 꿈을 꾸면서
하얀 꽃송이들을
하늘가에 뭉게뭉게 피워놓는다

산길을 내려오다 돌아보니
산마루 너머로 내려가는 흰 구름

아무도 모른다.

홀로 있다는 것

홀로 있다는 것은
까마득한 벼랑 끝에
고요히 서 있다는 뜻이다

홀로 있다는 것은
풀잎 끝 한 방울 이슬로
푸른 허공을 머금고 있다는 뜻이다

홀로 있다는 것은
밝음과 어둠을 한몸에 안은
어스레한 등불로 타오른다는 뜻이다.

하늘 거울

아주 먼 옛날
하늘이 내려와 푸른 호수가 되고
호수는 올라가 푸른 하늘이 되어
마침내 거울이 생겨났다네
그때부터 거울 속에는
새와 물고기가 함께 노니는
그림자가 늘 어른거린다네
그러나 거울은 제 빈 몸을 씻어
그림자를 말끔히 지우고 지운다네
그림자는 거울을 떠나 살 데가 없고
거울은 그림자 없이 살 수가 없어
샘물 같은 그림자 맑게 지우며
날마다 거울은 새 얼굴로 태어난다네.

꽃 말씀

흙이 소리없는 제 가슴속에서
물과 불로 빚어
숨을 내쉬듯 피운 꽃이여
바람의 딸이여
아직 우리는 물이나 불로 남아
너의 주위를 끝없이 헤매고 있나니
한 줄기 바람의 속살이여
영원히 다가갈 수 없는
말씀의 빈 자취여.

비눗방울

봄풀이 싱그러운 들판에서
아이가 비눗방울을 분다
제 마음의 그림을 둥그렇게 분다
무지갯빛 영롱한 비눗방울들이
푸른 하늘 떠가는 흰 구름 좇아
하롱하롱 눈부시게 날아오른다
꺼질 듯 꺼질 듯 비눗방울 속에는
아이의 까만 눈망울이
들꽃과 강아지와 사슴이
실낱처럼 사라지는 몇 가닥 길과 마을이
알록달록 얼비쳐들어 있다

따사로운 봄볕 졸음에 겨워
아이는 설핏 잠든다
이따금 스치는 봄바람이 풀잎을 흔들고
펼쳐진 아이의 책장을 이리저리 넘긴다
아이는 꿈속에서도
여전히 비눗방울을 분다

들꽃과 강아지와 사슴과 함께
따뜻한 꿈속의 비눗방울에 실려
아슴아슴 떠가는 흰 구름을 바라본다

이윽고 꿈꾸던 아이가 떠나고
흔적없이 비눗방울도 스러져버리고
끝없이 펼쳐진
푸른 하늘과 들판 사이
바람만 가득 남는다.

풍경

푸른 하늘이 둥글게 배를 깔고
잠시 쉬다 떠난 자리에
풀빛 언덕 하나 생기고

그 언덕에 밝은 햇살이 내려와
잊어버린 그림자를 곰곰이 생각하니
한 그루 나무가 생겨 그늘을 드리우고

그 나무 그늘에 한 소녀가 찾아와
오래오래 먼 하늘을 바라보니
새 한 마리 어느새 머리에 앉아 있고.

바위에 촛불 밝히고

길도 끊어지고 인적도 끊어진
첩첩산중
바위에 촛불을 켜놓고
누군가 일심으로 빌고 있다
산새 한 마리가 바위에 앉아
무슨 말을 하는 듯 이따금 운다

제 마음의 첩첩산중
길을 잃고
제 그림자만 바위에 일렁이는데
촛불을 밝혀놓고
누군가 길을 묻고 있다.

3부

성터
— 기상도(氣象圖) 1

가을볕이 잘 드는 성터
여기저기 돌무더기가 보이고
더러는 띄엄띄엄 외톨이가 된
뭉우리돌 섭돌 너럭돌이 보이고
막돌들은 잡풀 그늘 밑에 흩어져 있다
키가 큰 붉나무 하나가 서 있는데
가지 끝에 밀밀하던 흰 꽃은 없고
꽃 대신 온통 붉은 잎을 달고 있다
붉나무 뒤에서 발돋움질로 서 있는
생강나무도 겨드랑이에 달고 있던
노란 꽃 대신 붉은 열매를 달고 있다
옛날에는 이 붉은 열매 기름으로
등잔불을 밝히기도 했다
밝은 갈잎빛으로 비쳐나오던
조선 창호지와 문살 그리매

너럭돌 위에 구름 하나가
그늘로 내려와 쉬다 떠나고

그 옆 돌배나무 아래 앉아 있던
중도 성터 아래 암자로 돌아간 뒤
돌무덤 사이 생강나무 붉은 열매를
박새가 쪼아보곤
쪼아보곤 한다.

어느 저녁 풍경
—기상도(氣象圖) 2

늦가을 해거름
작은 시골 마을 호젓한 방죽가에
스스로 몸을 던져 빠져 죽은
한 여자의 시신을 둘러싸고
사람들이 웅성웅성 모여 서 있다
어른들 틈에 머리를 디밀고 구경하는
아이들은 저희들끼리 무어라 떠들어대고
자전거를 타고 온 순경은
사람들에게 무언가를 연신 묻고는
고개를 끄덕이며 수첩에 적고 있다
여자의 머리칼은 개구리밥 장구말 같은 것들이
물이끼와 함께 뒤얽혀 있고
물에 허옇게 불어버린 얼굴 위로
소금쟁이 한 마리가 천천히 기어간다
간간이 들려오는 뉘 집 개 짖는 소리
빈 들판에 막 쌓이기 시작하는
연푸른 저녁 빛을
개쇠뜨기나 하늘지기가 가녀린 손으로

자꾸 쓸고 또 쓸어 쌓는다

기러기떼 한 줄이
하늘의 빨랫줄처럼
오래오래 조용히 걸려 있다.

면례(緬禮)

─기상도(氣象圖) 3

산역꾼 몇이 초가을 햇살을 받으며
그림자처럼 조용히 움직이고 있다
파놓은 생땅 흙이 선홍색이다
모두 흰 장갑을 끼고
한쪽에서는 낱낱이 백지에 곱게 싼
유골을 조심스레 풀어서 늘어놓고
한 중늙은이는 구덩이에 들어가
흙바닥에 여러 겹 백지를 깔아놓는다
뼈를 가까스로 다 맞추어놓았는데
완전히 삭아서 없어진 곳이
군데군데 비어 있다
하얗게 빈 곳에 햇살이 눈부시다

배롱나무 가지에 앉아 있는
이름 모를 산새 하나가
그림자처럼 움직이고 있는 산역꾼들을
죽 지켜보고 있다.

고지말랭이
—기상도(氣象圖) 4

파장이 되자
쇠전거리의 휑한 공터에
말뚝들만 남았다
말뚝에 묶어 있는 쇠털이
남은 햇볕을 받고
가늘게 떨리며 반짝이고
말뚝의 그림자가
소리없이 점점 길어진다
쇠전 귀퉁이에 노점을 벌인
노파 하나가 아직도 주저앉아
말뚝만 남은 공터를
멍하니 바라보고 있다
가지나 호박 등 자잘한 고지말랭이들이
모닥모닥 쌓여 있고
먹다 만 고구마를 손에 든 채
어린 손자애는 잠들어 있다

한 아이가 세발자전거를 타고

쇠전거리 끝으로 사라지고 난 뒤에도
국밥집 유리창에서 되비친
동그란 노을 빛 속에
노파는 고지말랭이와 함께
그대로 남아 있었다.

현장검증
—기상도(氣象圖) 5

인적이 드문 야산 골짜기
사람들이 조금만 움직여도
가랑잎 바스러지는 소리가 난다
포승줄에 묶인 사내의 그림자가
두 팔을 뒤로 묶인 채 엎어져 있는
알몸의 고무인형을 가로질러
짙고 길게 떨어져 있다
사내가 지시하고 교정해주는 대로
형사는 보퉁이를 돌덩이 삼아
몇 번이고 인형의 머리를 내려친다
어디선가 높은 나뭇가지 위에서
떠돌이 때까치 하나가
몹시도 울어댄다
고무인형의 머리께에
쓴풀 흰 꽃 줄기가 꺾여진 채
조용히 흔들리고 있다
졸참나무 빈 가지 사이로
적막한 푸른 하늘을

잠시 올려다보던 형사가
다시 한번 돌덩이를 힘껏 내려쳤다.

옛 노래
—기상도(氣象圖) 6

혼자 집을 보고 있는 아이가
거울 조각을 가지고 놀고 있다
텃밭은 파꽃이 환하다
어디서 지빵나무 향내가 풍겨온다
아이가 기둥의 벌어진 틈마다
거울 조각으로 햇볕을 비추어보는데
탱자나무 울타리 사이로
흰 옷깃 어른어른
누군가 옛 노래를 부르며 간다.

잊어버린 연못

—기상도(氣象圖) 7

마을 뒤 숲속의 연못은
마을 사람들이 잊은 지 오래되었다
사람들이 잊어버린 연못가에
노란 꽃을 단 물방동사니가
쇠뜨기말과 함께 바람에 흔들리고 있다
마른잎거미가 혼자 살고 있는
둥그렇게 말린 가랑잎이 이따금 버석거리고
물강구가 헤적인 잔물결에
마름의 흰 꽃들이 가늘게 떨린다
가을날 저 흰 꽃자리에는
거꾸로 매달린 박쥐 모양의
검고 단단한 열매가 열릴 것이다

사람들이 잊어버린 이곳에도
달이 뜨고 부엉이가 운다
연못 한가운데 깊은 속
아주 옛날 기와집에 혼자 사는 노인이
달빛에 마당가를 서성거리면

노인의 흰 옷깃이 못물에 어른거리고
간간이 들리는 해수 기침 소리는
잔물살을 지으며 반짝인다.

동판화 속의 바다
—기상도(氣象圖)8

수평선 너머로 해가 지면서
하늘과 맞닿은 쪽부터
하늘을 벌겋게 태우던 불길에
바다는 황동(黃銅) 쇳물로 끓기 시작했다
이윽고 온 바다의 맨몸에
황동 비늘이 입혀지면서
바다는 약하고 자잘하게 떨었다
서서히 굳어졌다
털어도 떨어지지 않는 황동 비늘에 덮여
지친 갈매기가 무겁게 뻘밭에 내려앉아
작은 사암석(砂巖石)이 되고
망태기를 메고 뻘밭을 걸어가던 한 사내는
굳은 바다를 비스듬히 짊어지고
허리를 구부린 채 황동의 닻이 되었다
바람도 고요한 동판화에
빗살무늬를 남기면서
이내 굳어버렸다.

종이 갈매기
—기상도(氣象圖) 9

동해 바다가 한눈에 내려다보이는
산기슭의 치매노인 수용 병원은
늘 빈집처럼 인기척이 없다
어쩌다 한두 사람이 어른거리면
바람에 나뭇잎 그늘이 일렁거리는 것 같다
병원의 흰 회벽과 앞마당 마른 잔디에
밝게 떨어지는 늦가을 햇살
오늘은 모처럼 마당가 잔디밭에
잊어버린 옛날 가족사진과 같이
한 환자 노인과 그 가족 몇이 앉아 있다
말없이 먼 바다만 바라보는 노인에게
무슨 말을 건네고는 하다가
한참씩 고개를 떨구고는 하다가
이윽고 모두 바다를 바라보고 있다
흰 종이로 접은 갈매기 하나가
수평선의 긴 실오리에 걸려
오래오래 정지해 있다.

벙어리 박씨네 집
—기상도(氣象圖) 10

혼자 사는 벙어리 박씨네 집은
늘 비어 있다
박씨가 목수 일로 외지에 나가 있는 동안
마당가 여기저기 닭볏을 꼿꼿이 세운
맨드라미만 종일 빈집을 지키고 있다
헛간 옆 두엄자리는
키 큰 아주까리가 지키고 있고
그 아래 누런 꽃이삭을 단 명아주 몇 그루
그리고 먹딸기 몇 그루
벙어리 박씨가 외지 어디에선가
나무에 대패질을 하고 톱질을 하는 동안
나는 이따금 먹딸기를 따러
그 빈집에 몰래 들어가곤 했다
쇠파리나 깔따구가 소리치는 속에서
나는 한 번에 한 움큼씩만 따가지고 나와
입속에서 그것들을 한 알씩 터뜨리며
메깥 쪽 허물어진 토담 틈새를 들여다본다
쌀알만한 흰 거미가 거미줄을 치고 있고

그 아래 거미알만한 풀꽃 하나가 살고 있다
동네 사람들은 물론 집주인 박씨조차 모르는
그것들을 넋 놓고 오래오래 바라보면서
나는 먹딸기의 달콤한 맛을 즐기곤 했다
벙어리 박씨가 외지에서 톱질을 하는 동안
그 빈집은 늘 거기에 그렇게 있었다.

동백꽃과 다정큼꽃 사이에 앉아

─기상도(氣象圖)11

바다와 백사장을 발치에 두고
동백나무숲이 늘어서 있다
동백 사촌뻘쯤 되어 보이는 다정큼나무는
동백숲과 조금 떨어져서
옹기종기 작은 숲을 이루고 있다
동백잎마다 다정큼잎마다
3월의 여린 봄볕이
물비늘을 반짝이며 끝없이 흐르는데
이따금 이파리를 살랑이며 지나가는 바람이
물비늘을 자디잘게 부수곤 한다
멀리서 가물가물 배 한 척이 지나가고
늙은 어부 하나가 그물을 메고
백사장을 천천히 가로질러갔다
옆구리와 꽁지덮깃이 노란 동박새가
이따금 한 마리씩 날아와
더러 지지 않은 동백꽃을 어르다 가고
직박구리새들은 예닐곱 마리씩 날아와서는
아직 흰 여름 꽃도 달지 않은 다정큼숲에서

삐이요 삣 삣 삐이요
삐이요 히이요 삐유르르르
봄볕 싸라기를 흩뜨리며 울다가 간다
다 져가는 붉은 동백꽃과
아직 피지 않은 흰 다정큼꽃 사이에서
나는 한나절 무심히 앉아 있다
쪽빛 바다를 두르고 피는 동백꽃을 보러
언제 또 이 남쪽 해안에 다시 올지
직박구리떼가 가을 햇살을 받으며
다정큼 검은 열매를 쪼는 양도 보고 싶지만
언제나 이 자리에 다시 올 수 있을지
나는 모른다.

묵정밭에서
—기상도(氣象圖)12

아주 외딴 곳에 나 있는
작은 산길 하나가
양지 바른 모퉁이의
맷방석만한 묵정밭으로 이어져 있다
묵정밭은 온갖 잡초들이 키를 다투고
꽃을 단 달개비 여뀌 매듭풀 같은 것들은
저희끼리 옹기종기 모여 서 있다
밭주인이 여러 해 오지 않는 동안
이따금 누군가 이곳에 와서
한동안씩 쉬었다 갔는지
돌무더기 옆에는 과자봉지 음료수 깡통
찢어진 신문지 같은 쓰레기들이 흩어져 있고
어디선가 전쟁이 나서
수백 명이 살육되었다는 신문지의 활자들이
햇볕에 누렇게 바래고 있다
밭주인도 모르는 사이에
낯모르는 한 사람이 쉬었다 가고
얼마 뒤 또 한 사람이 쉬러 오는 동안

풀꽃들은 소리없이 피었다 지고
굴뚝새는 또 몇 번이나
돌무더기에 앉았다 날아갔으리라.

누군가 가고 있다

—기상도(氣象圖)13

낮게 흐린 하늘
텅 빈 들판
흰 헝겊조각처럼
여기저기 남은 잔설
연필로 희미하게 그린 듯
가물가물 이어진 길을
누군가 가고 있다
먼 옛날부터
거기 그렇게 가고 있었다는 듯
누군가 아득히 가고 있다

흐린 기억
하늘 저편으로
점점이 꺼지는
예닐곱 철새들.

비질 소리
―기상도(氣象圖)14

나지막한 돌담 너머
낡은 기와집 한 채가
인기척 없이 고즈넉하다

가을볕이 잘 드는 툇마루에
보자기만하게 널려서
고실고실 마르는 산나물
그리고 노오란 탱자 몇 알

아무도 없는데

마당귀에선 듯
잎 떨군 오동나무 가지에선 듯
맑고 투명한 햇살에 실려오는
자꾸 비질하는 소리

돌아서면 문득
장독대께에서 들려오는

신발 끄으는
적막한 소리

아무도 없는데

돌탑
—기상도(氣象圖)15

당산 중턱 양달받이
서낭당은 늘 인적이 없다

돌탑만 고적하다

한 줄기 바람이 길을 열어
나는 돌탑 속으로 스며들었다

돌탑 속에
광대한 하늘이 펼쳐 있고
맑은 바람이 가득하고
푸른 강물이
새 우는 소리를 반짝이며
어디론가 끝없이 흐르고
밤이 되고
달이 뜨고 별자리가 기울고
달빛과 별빛이
돌 속으로 고요히 스며들었다

돌탑과
돌탑 옆 작은 풀꽃을
나는 한나절 넋 놓고 바라본다.

쓰레기 치우는 날
—기상도(氣象圖)16

집집마다 그 동안 만들어둔
갖가지 쓰레기를 얼기설기 묶어들고
사람들이 쓰레기장으로 모여든다
어떤 늙은이는
유모차에 쓰레기를 실어오고
어떤 여자는 머리에 이고 나오고
아이들은 잡부스러기를 흘리면서
거의 바닥에 끄을며 나온다
어느덧 사람을 부려 일을 시키면서
쓰레기는 나날이 엄청나게 불어난다

한동안 북새통이 가라앉고
쓰레기는 제 갈 곳으로 가고
흰 비행운을 남기며
비행기 한 대가 가뭇없이 사라지고
저녁 땅거미가 기어들자
동네는 가가호호
집채만한 어둠이 된다

어둠 속에서
떨어진 신문지 조각 하나가
희끗희끗 나풀거린다
바람도 없는데
무슨 비늘처럼 희끗거린다.

섬에 갇히다
―기상도(氣象圖) 17

섬에 갇힌 지 닷새
뭍으로 나갈 수가 없다
항만 여객선 노동조합이
파업투쟁을 하고 있다
잔잔한 바다는 수평선까지
햇살이 자디잘게 부서지고
한가롭게 떠가는 흰 구름 사이로
물빛 하늘이 해말갛다
모두 다급한 제 사정이 있어
선착장에 나와 발을 구르고
누군가와 소리소리 고함치며
멱살잡이하던 사람들이
더러는 건어물이나 미역 꾸러미를 든 채
다시 난민 행색으로 흩어진 뒤
유리창이 박살난 대합실에서
소주를 마시는 패만 남았다
방파제에 앉아 있던 갈매기들이
바다에 떠 있는 두어 척 어선을 보고

푸른 물결을 지며 길게 날아간다
해변의 백사장에서는 어부 몇이
말목에 널어놓은 그물 속에서
고물고물 그물코를 손질하고 있다.

빈집
―기상도(氣象圖)18

퇴락한 빈집 하나가
가죽나무 그늘에 반쯤 가려져
잠잠히 엎디어 있다
하얗게 먼지가 앉은 쪽마루에
가죽나무 이파리 그림자가
이따금 일렁거린다
여기저기 흙살이 떨어진 벽은
앙상하게 수숫대만 남아
구멍이 숭숭하다
그 구멍마다 거미가 집을 짓고 산다
거미줄의 촘촘한 구멍으로
바람과 햇빛도 드나든다
흙을 덧발라 구멍을 막고 막다가
주인은 그만 이사를 갔나보다.

그 차돌
—기상도(氣象圖) 19

삐죽삐죽 순이 돋은 차돌을
장독대에 올려놓고
아이는 아침저녁 물을 주며
날마다 들여다보았다

차돌은 자라지 않았다

먼 훗날
아이는 어른이 되어 어디로 가고
무너진 토담 곁
맨드라미 꽃밭에 버려진
그 차돌.

옛 절터
—기상도(氣象圖) 20

이름조차 아무도 모르는
아주 옛날 절터라 한다
이제는 인적이 끊긴 두메산골
잡초밭 사이 여기저기
희미하게 남아 있는 절터의 흔적들
주춧돌은 흙빛으로 반쯤 삭아서
작은 풀꽃과 벌레들을 키우고
잡초 사이 흙덩이처럼 흩어진 탑돌들은
사람이 세워올린 높이를 버리고
본래 낮은 제자리로 돌아왔다
풍경이 비로소 조용하고 편안하다
이제 어두운 밤이 되면
거의 흙이 된 저 돌 속에서
별들이 총총히 빛나는가?
흙먼지와 별 사이
그 까마득한 거리와 고요 속에서
별들은 푸르게 빛나는가?

노숙자
—기상도(氣象圖) 21

공원의 벚꽃길이
하얗게 꽃잎으로 덮여 있다
한 노숙자가 모로 쓰러져 잔다
빈 소주병 하나가
엎질러진 새우깡 봉지 옆에 누워 있고
반쯤 남은 소주병 속에는
꽃잎 하나 떠 있다
띄엄띄엄 지나가는 사람들이
한 번씩 눈을 주고는
날리는 꽃잎 속으로 멀어진다
어머니의 손을 잡고 가던 아이가
자꾸 돌아보고 돌아보곤 하는데
문득 자욱한 꽃보라에 싸여
어머니와 아이가 둥실둥실 떠올랐다
애벌레처럼 웅크린 노숙자 위로
한 떼의 꽃잎들이
아주 천천히 내려앉고 있었다.

4부

외눈이 마을

타림(Tarim) 분지.

'물이 모이는 곳'이라는 뜻을 가진 '타림'이 암시하듯이 이곳은 수량이 많아 일찍이 농업이 발달하면서 도시국가의 성립을 촉진시켰고 한때는 동서교역을 매개하며 번성했던 실크로드의 관문이기도 했던 곳이다.

북쪽으로는 톈산 산맥이, 서쪽으로는 파미르 고원이, 그리고 남쪽으로는 쿤룬 산이 그 거대한 산맥들로 둘러싸고 있어 서쪽에서 동쪽으로 서서히 경사를 이루면서 만들어진 분지가 바로 타림이고, 이 분지의 동쪽 가장자리에서 북쪽으로 흐르는 당허 강 하류 유역 사막지대가 그 옛날 교역의 중심지로 번창했던 둔황(敦煌)이다.

둔황의 남쪽 변두리, 그러니까 만년설을 하얗게 머리에 이고 있는 쿤룬 산을 등지고 아득히 타클라마칸 사막을 북쪽으로 보고 있는 외딴 지역에는 둔황학을 연구하는 소수의 전문학자 외에는 아직 거의 알려지지 않은, 그리고 어쩌다 그곳에 발길이 닿았다 하더라도 아무도 눈여겨보지 않았을 작은 유적지 하나가 남아 있다. 지리적 조건으로 보아 이곳은 쿤룬 산 동쪽 끝의 계곡물이 흘러내려와 비옥한 선상지를 만들고 그 선상지 위에 꽤나 큰 오아시스 촌락이 형성되었을 자리다. 지금은 온통 모래로 뒤덮인 황량한 사막이어서 과연 옛날에 그렇게 큰 촌락이 있었을까 싶지 않지만, 신전으로 쓰였음이 틀림없을 듯한 석조건물의 기둥들과 잔해들, 그리고 주변에 흩어진 크고 작은 건물과 도로의 흔적들이 회진되어버린 옛 영화를 분명하게 증언하고 있다.

이 유적지가 보면 볼수록 기묘하게 느껴지는 것은 아무리 생각해도 잘 이해가 되지 않는 두 가지 수수께끼 때문이다. 첫째는, 이곳에 있던 촌락이 아무리 규모가 크다 할지라도 도시로까지는 발전하지 않았을 것이 분명한데 어떻게 이렇게 규모가 큰 신전이 있을 수 있었는가 하는 점이고, 둘째는, 신전의 상부 중앙에 놓여 있는 이상하게 생긴 바위의 정체가 무엇인가 하는 점이다. 바위가 있는 위치는 어느 모로 보아도 신상이라든가 무슨 성물 같은 것이 있어야 할 자리다. 그런데 어떻게 이와 같은 커다란 바위가 신전 안에, 게다가 신상이나 있어야 할 자리에 있게 되었는가 하는 의문이 가시지 않기 때문이다.

더구나 꼬리에 꼬리를 물고 일어나는 궁금증은 그 바위의 이상한 생김새 때문이다. 어떻게 보면 아주 커다란 거북이 형상 같기도 하고, 또 달리 보면 사람이 엎드려서 기도하고 있는 모습 같기도 하고, 좀 떨어져서 보면 무슨 짐승이 울부짖고 있는 모습 같기도 해서 도무지 종잡을 수가 없는 것이다.

도대체 이 수수께끼 속의 유적지와 저 이상하게 생긴 바위의 정체는 무엇일까.

지금까지 둔황 유적지에 대하여 연구한 그 많은 성과물의 어느 구석에도 이 유적지가 거기에 존재한다는 사실 외에, 그것이 무엇인지에 대하여 설명한 언급은 단 한마디도 찾아볼 수가 없다. 소수의 전문 학자들만 더러 궁금해하였을 뿐 아무도 그런 것에 관심을 두지 않았으므로 그것은 그저 별 흥미 없는 수수께끼의 하나로 거기에 남아 있을 뿐이었던 것이다.

그런데 다행스럽고 놀랍게도 이 수수께끼를 풀어주는 문서 하나가 최근에 발견되었다. 레닌그라드로 널리 알려진 러시아의 상트페테르부르크 동양학 연구소의 둔황 문고 속에는 문헌 분류도 되지 않은 채 보관되어 있는, 표지까지 합하여 겨우 네 장밖에 안 되는 필사본 문서 하나가 있는데, 표지에 비백체로 『척안동외기隻眼洞外記』라 씌어진 것이 바로 그것이다. 표지의 제목으로 보아 이것이 서책명만 전해지는 『둔황지지별집敦煌地誌別集』같은 책에서 탈락되어 나온 것이 아닌가 하고 짐작할 뿐 그 외의 서지사항에 대해서는 아직 아무것도 알려진 것이 없다.

『척안동외기』가 전하는 유적지의 유래와 신전 내의 이상한 바위의 정체에 대한 이야기는 오늘날 우리들에게는 좀처럼 곧이곧대로 믿겨지지 않는 좀 황당하고 해괴한 것이다. 어쨌든 이야기의 줄거리만을 대충 간추려보면 다음과 같다.

어느 날 이 마을에 체구가 거대하게 생긴 괴승 하나가 흘러들어와 살기 시작했다.

이 괴승의 거대한 체구도 예사로운 모습은 아니었지만 기괴한 느낌이 들 정도로 예사롭지 않게 느껴지는 것은 그가 왼쪽 눈이 없는 외눈이였기 때문이다. 왼쪽 눈알이 빠져나간 자리는 주먹 하나가 드나들 정도로 동굴처럼 뻥 뚫려 있었는데 얼마나 깊은지 그 구멍은 늘 신비한 어둠이 감돌고 있었다. 그래서 그런지 마을 사람들은 그를 처음 대했을 때 모두 어떤 알 수 없는 위압감과 함께 두려움과 신비함 그리고 외경감을 동시에 느껴야만 했다.

그런데 얼마 뒤부터 사람들이 자신들의 앞날에 무슨 불길한 일이 일어날지도 모른다는 밑도끝도없는 사위스러운 느낌에 잠시잠시 마음이 산란해지기 시작한 것은 그 괴승이 마을 사람들을 상대로 자신이 믿고 있는 신을 믿어야 한다고 설득하고 다녔기 때문이다. 그는 자신의 옴비라(俺嚭羅) 신만이 우주를 창조하고 주재하는 유일한 신이며 그 신에 대한 진실한 믿음과 헌신을 통해서만이 영생불사를 얻을 수 있다고 말했다. 그리고 마을 사람들이 믿고 있는 수리야(首利耶) 신이란 단지 태양을 신격화한 것으로서 진정한 신이 아니며 농경민들이 우매한 나머지 있지도 않은 허깨비 같은 것을 믿고 있을 뿐이라고 말했다.

그리고 옴비라 신은 옴비라 진인인 자신을 통해서 역사하고 있으며 머지않아 그 옴비라 신의 위대한 능력을 증명하는 기적을 보여주겠노라고, 철석같은 믿음에서 발산되는 묘한 광기와 열정이 느껴지는 목소리로 그는 외치고 다녔다.

사람들은 그러나 아무도 쉽게 그 옴비라 신을 믿으려 들지 않았다. 다만 그에 대한 막연한 두려움 때문에 '진인님'이라는 호칭으로 그에 대한 존경과 자신들의 온순함을 드러내면서 그가 하고 다니는 것을 그저 조용히 지켜보기만 했다.

그러던 어느 날 그는 무엇인가를 결행하려고 마음먹은 듯 사람들을 한곳에 불러모았다. 그리고 확신에 찬 목소리로 말했다.

"나는 오늘 여러분에게 옴비라 신의 위대한 권능을 증명해 보이려고 한다. 내가 이곳에 온 까닭은 옴비라 신의 계시에 따라 여러분을 영생불사의 낙원으로 이끌어주고 여러분을 통해 이 세상을 구원하고자 하는 것이다. 옴비라 신께서는 제일 먼저 여러분들을 구원하고 이끌라고 내게 명령하셨다. 이제 여러분이 잘못 믿고 있는 수리야 신이 옳다면 내가 행할 기적은 결코 일어나지 않을 것이다. 그러나 내가 옴비라 신의 권능으로 행하는 기적을 이 자리에서 여러분의 두 눈으로 똑똑히 볼 수 있다면 수리야는 허깨비에 불과한 것인 줄을 알아야 한다."

그는 모든 사람들이 곧 일어날 기적을 잘 볼 수 있도록 빈 자루를 하나 손에 들고 단상 위로 올라갔다. 그리고 호기심을 잔뜩 돋우어 숨을 죽이고 있는 마을 사람들을 잠시 둘러보고는 다시 입을 열었다.

"나는 이제 여러분에게 보여줄 기적을 가지고 농사를 짓거나 양을 치거나 길쌈을 하는 생업의 모든 고통으로부터 여러분을 영원히 해방시켜줄 것이다. 그리고 여러분과 함께 새로운 낙원을 건설해나갈 것이다."

그의 말은 아주 단호하고 신념에 넘쳤다.

이윽고 그는 알아들을 수 없는 말로 무슨 주문을 외우기 시작했다. 그리고 몇 번인가 방향을 바꾸며 합장을 하더니 왼쪽 손바닥을 구멍만 남아 있는 왼쪽 눈가에 대고는 가볍게 비비면서 주문을 그치지 않았다. 주문을 외는 소리가 잠시 멈칫했을 때 그는 왼쪽 손바닥을 사람들이 잘 볼 수 있도록 의기양양하게 펴 보였다. 사람들은 모두 제 눈을 의심하면서 몇 번이고 눈을 흡뜨고 다시 살펴보았다. 그의 커다란 손바닥 가득 진귀하고 값비싼 보석들이 햇빛에 눈부시게 빛나고 있었다. 사람들이 채 탄성을 지르기도 전에 그는 다시 주문을 외면서 같은 동작을 반복했다. 그리고 손바닥 그득그득 담기는 보석들을 연신 빈 자루에 채웠다. 보석들은 그의 동굴 같은 왼쪽 눈구멍에서 나오고 있었다.

사람들은 그에게서 처음 느꼈던 그 밑도끝도없는 불길한
예감이 이렇게 꼬리를 보이기 시작한 것이라고 생각하면서
몸을 떨었다. 그러나 그 불길했던 예감은 이제 묘하게도 길흉
이 반쯤씩 섞여진 상태, 즉 불안과 기대가 뒤범벅이 된 충격
으로 변해 있었다. 몇 사람은 그에게 엎드려 경배까지 하면서
그 마음의 충격을 감추지 않고 나타냈다.

한 자루 가득한 그 진귀한 보석들은 모든 사람들에게 골고
루 분배되었다. 그리고 그는 앞으로 필요할 때는 언제나 이
기적을 행할 것이라는 말을 잊지 않고 덧붙였다. 평생 꿈도
못 꾸어볼 재화를 제 손으로 만져보면서 비로소 사람들은 놓
칠 수 없는 현실을 생생하게 느껴야만 했다.

이제 마을의 환경과 사람들의 마음은 예전의 그것이 아니
었다. 모든 것이 아주 빠르게 달려져갔다. 재화의 윤기와 들
뜬 활기가 흘러넘쳤다. 수리야 신의 소박한 시대가 물러가고
옴비라 신의 화려한 시대가 도래하고 있었다. 많은 사람들이
진인님을 경배하며 따르기 시작했고 아직도 수리야 신에게
매달리고 있는 소수도 더이상 버틸 수 없는 지경으로 몰려가
고 있었다. 진인님은 많은 물자를 들여오고 각처에서 필요한

기술자들을 불러와 도로와 환경을 정비하고 새로운 건물들을 지었다. 그리고 옴비라 신을 모시는 아주 크고 화려한 신전을 지었다.

신전이 완성되었을 때 사람들은 벌써 진인님이 내린 여러 가지 율법과 계율을 지키면서 새로운 생활에 적응하였을 뿐만 아니라 옴비라 신에 대한 헌신적인 믿음 또한 철석같이 굳어져 있었다. 그리고 필요할 때면 언제든지 진인님이 생산하는 보석들이 모자라지 않았으므로 사람들은 이제 농사를 짓거나 길쌈하는 법도 까맣게 잊어버렸다. 사람들은 날마다 신전에 빠짐없이 모여 옴비라 신에게 엎드리고 진인님이 한 구절씩 불러주는 알 수 없는 아주 긴 다라니 진언 주문을 따라서 외웠다.

어느 날 진인님은 처음으로 기적을 보여주었던 때와 같이 옴비라 신의 무슨 계시를 결행하려고 마음먹은 듯 신성한 위엄이 가득 서린 표정과 목소리로 입을 열었다. 진인님은 옴비라 신이 자신을 통해서 역사하기 때문에 신상이 있어야 할 자리에 늘 앉아 있었는데 이날은 특히 과연 옴비라 신이 진인님을 부려 일하고 있구나 하는 실감이 느껴질 만큼 그의 모습과 말소리는 신적 권능과 위엄으로 압도해왔다.

"나는 오늘 그 동안 때를 기다려왔던 성스러운 일을 옴비라 신의 이름으로 하고자 한다. 이제 여러분도 언젠가는 나를 통해서가 아니라 여러분 자신이 지금의 나와 같이 직접 옴비라 신의 계시와 은총을 받을 수 있는 준비를 해야 할 때가 되었다. 나를 자세히 보라. 나는 왼쪽 눈을 옴비라 신에게 바쳤다. 왼쪽 눈은 온갖 마귀가 들어와 장난을 치는 곳이다. 여러분이 두 눈을 가지고 있는 한 세상을 바로 볼 수가 없고 신의 계시와 은총을 받을 수 없으며 지금 익히고 있는 진언 주문을 틀림없이 다 외운다고 하더라도 절대로 나와 같이 기적을 일으킬 수는 없다. 영생불사의 낙원으로 들어가는 문턱은 오직 외눈이만 넘을 수 있는 것이다. 이제 여러분과 내가 힘을 합쳐 세상을 구원하고 낙원을 건설할 때가 무르익었다. 그리하여 나는 옴비라 신의 이름으로 여러분에게 명령한다. 두려워하지 말고 기꺼이 왼쪽 눈을 바쳐라. 그래서 신의 광명을 찾아라."

진인님의 말은 너무도 결연하였고 거부할 수 없는 신성한 힘이 차고 넘쳤다. 사람들은 처음 겪어보는 몰아적이고 충동적인 강렬한 감동에 눈물을 흘리면서 신의 영광이 가까워졌음을 추호도 의심하지 않았다. 그래서 그들은 모두 오히려 복받치는 환희와 열광에 몸을 떨면서 그들의 왼쪽 눈을 옴비라 신에게 바쳤다.

이 마을은 이때부터 척안동, 즉 외눈이 마을이라는 이름을 얻게 되었다. 그렇다고 해서 이 마을에 사는 사람들이 모두 외눈이는 아니었다. 아이들은 열네 살이 되어 성인식을 치르면서 비로소 왼쪽 눈알을 신에게 바쳤으므로 당분간은 두 눈을 가지고 세상을 볼 수 있었던 것이다. 어쨌든 이 마을은 모자람이 없는 재화의 혜택과 일사불란한 율법의 질서 속에서 전에 없던 평화와 안락을 누렸다. 그리고 사람들의 마음은 묵시적 세계의 도래에 대한 든든한 믿음 속에서 낙원의 평안한 행복감을 조금치나마 미리 맛볼 수 있었다.

그러나 좋은 시절은 오래가지 않았다. 언제부터인지 진인님의 보석 생산량이 현격히 떨어지기 시작하더니 근래에는 아예 생산이 중단되었기 때문이다. 보석 생산량이 줄어들면서 놀랍게도 진인님의 몸은 점차 석화되어갔다. 석화되어 커다란 바윗덩어리로 변해버렸다. 그리고 마침내 껍데기만 거대한 무슨 갑각류처럼 진인님은 지렁이가 기어들어간 듯한, 바위에 난 한 줄기 아주 가늘고 깊은 구멍 속에서 모깃소리만 한 소리를 질러 겨우 말을 주고받았다. 사람들은 밤낮없이 신전의 그 바위 앞에 엎드려 기도하고 주문을 외우고 통곡하였다. 그러나 진인님의 말소리는 점점 희미해질 뿐이었다.

마지막으로 진인님은 모깃소리보다 더 작은 소리로 이렇게 말했다.

"나는 지금 영생불사의 문턱을 넘고 있다. 이제부터 너희들은 율법과 계율을 잘 준수하고 이 신전의 내 앞에서 끊임없이 기도하고 주문을 외워야 한다. 그래서 너희들 스스로 옴비라 신의 계시와 은총을 받아라. 무엇보다 중요한 것은 그 동안 익혀온 진언 주문을 한 자도 틀리지 말고 일심으로 외워야 한다. 그래야만 옴비라 신의 권능으로 너희들 스스로 기적을 행할 수 있다. 그런데 참 걱정이구나. 아직도 누구 하나 진언 주문을 완전히 외우는 사람이 없으니 말이다. 그러니 이제부터 너희들은 다 같이 여기 모여서 주문을 한 구절씩 같이 외우며 서로 틀린 구절을 바로잡아가거라. 나는 언제나 여기 이 자리에서 너희들을 지켜볼 것이다."

진인님은 기괴한 형상의 완연한 바위가 되어버렸다.

그리고 침묵을 지켰다.

마을은 일시에 검은 구름으로 덮이고 두려움은 한없이 부풀어갔다.

무엇보다 시급히 해결해야 할 일은 주문을 완전히 외우는 일뿐이었다. 그래서 날마다 신전에 모여서 사람들은 주문을 외우며 바로잡아나갔다. 그러나 주문이 너무 긴데다가 도무지 진언의 말뜻을 모르니 제대로 기억될 리 없고, 그러니 사람마다 들쑥날쑥 제 뜻대로 외우는 통에 주문이 본래의 그 모습을 찾기까지는 결코 쉬운 일이 아니었다. 그러나 옴비라 신을 향한 그들의 굳은 믿음은 결국 우여곡절 끝에 주문을 본래대로 복원하는 데까지 이르렀다. 그런데 문제는 완전히 끝난 것이 아니었다. 왜냐하면 다 같이 주문을 합송하다가 아무도 미처 깨닫지 못했던 점을 발견했기 때문이었다.

주문의 중간쯤에 있는 한 구절이 문제였다. '옴소마니소마니 훔하리한나 하리한나 다나야훔 다(아)나야훅 바암바라 훔바탁'에서 '다나야훅'이 맞는 것인지 아니면 '아나야훅'이 맞는 것인지 도무지 갈피를 잡을 수 없었던 것이다. 아무리 머리를 쥐어짜고 밤낮으로 토론을 해보아도 '다나야혹'을 주장하는 사람들과 '아나야혹'을 주장하는 사람들이 각기 자신들이 옳다는 신념만 점점 굳혀갈 뿐 해결의 실마리는 보이지 않았다.

결국 그들은 다나야 파와 아나야 파로 갈라진 채 각기 다른 주문을 외우며 따로 집회를 가질 수밖에 없는 지경이 되었다. 그리고 두 집단의 갈등과 반목은 커져만 갔다. 신통력이 생기지 않는 까닭과 모든 불행한 사태의 책임은 어김없이 상대편으로 돌려졌다. 날이 갈수록 옥죄어오는 생활의 궁핍과 한 치 앞도 내다볼 수 없는 미래에 대한 두려움은 점차 상대편에 대한 극도의 증오와 살의를 키우며 코앞으로 다가오는 예정된 파국을 속수무책으로 기다리게 만들었다.

공포의 가위눌림을 더이상 견디어낼 수 없는 사람들이 하나둘 몰래 마을을 빠져나가는 것을 기화로 그 동안 팽팽하게 소강상태를 유지하던 분위기는 일시에 광란의 소용돌이로 돌변했다. 모두가 피에 굶주린 아귀가 되어 밤낮으로 서로 죽이고 죽이는 끔찍한 살육전이 계속되었다.

그들은 모두 그렇게 스스로 도륙되었다.

그리고 이 지역은 긴 세월 인적이 끊어진 사막이 되었다.

외눈이 마을 이야기는 여기서 끝난다. 『척안동외기』는 마지막으로 다음과 같은 매우 의미심장한 경전 구절을 덧붙이는 것으로 끝을 맺고 있다.

경은 말한다. 지혜는 잡독이요 형체는 질곡이다. 깊고 고요한 도(道)는 이 때문에 아득히 멀어지고 환란은 이 때문에 일어난다.(經曰 智爲雜毒 形爲桎梏 淵默以之而遼 患亂以之而起)

오늘날 이 『척안동외기』의 기록을 어디까지 믿어야 할지 가늠하기는 쉽지 않다. 그리고 처음에는 좀 황당하다는 느낌을 가질 수밖에 없는 것도 사실이다. 그러나 고대에 갖가지 마법과 종교적 의식에서 치러졌던 인신공희나 끔찍한 신체훼손의 행위들이 얼마나 광범위하고 보편적이었던가 하는 것을 생각한다면 외눈이 마을에서 일어난 신체 일부의 공희의식이나 마법적 기적은 그렇게 해괴한 일로만 여겨지지는 않는다.

외눈이 마을에서 일어난 이 고대의 종교적 사건은 추측하
건대 2세기 말에서 3세기 사이에 있었던 일이 아닌가 싶다.
왜냐하면 둔황 문헌이 4세기 전후에서 5세기, 그리고 8세기
에서 11세기 사이에 기록된 것으로 추정되므로 이 사건은 최
소한 4세기 이전일 것이라는 점이고, 게다가 '척안동외기'라
는 표지의 비백 서체는 3세기 전후부터 제액이나 표지의 서
체로 크게 유행했었다는 점 때문이다. 잘 알려진 바와 같이
2, 3세기는 여러 종교들이 습합하거나 새로운 종교사상이 발
흥하고 종교적 인물이나 신비가들이 백가쟁명을 이루었던 시
기이다. 그리고 새롭게 대두한 대승불교의 불전들이 왕성하
게 결집되면서 그 결실을 맺는 시기이기도 하다.

　이러한 시대적 배경을 전제하고, 외눈이 마을 이야기에 보
이는 힌두교의 수리야 신, 불교에서 전해지는 항마(降魔) 진
언, 신전 안에 신상이 없었던 점 등을 얼기설기 엮어보면 이
야기에 나오는 옴비라 진인이라는 괴승은 아마도 바라문 계
통의 한 인물이 아니었을까 하고 어렴풋이 짐작된다. 왜냐하
면 아리안 계통의 바라문교가 토속 민간신앙인 힌두교를 융
합하고 불교의 영향을 수용하면서 3세기경에 그 교파의 성립

이 이루어지는데, 그들은 일반적으로 신전에 신상을 두지 않았기 때문이다.

어쨌거나 외눈이 마을 이야기는 그 사건 자체의 끔찍함에 서라기보다 끔찍한 인간성의 한 비의를 보여주는 것 같다는 점에서 매우 충격적이다.

이러매 내가 노래한다.

무명(無明)의 어둠 속에서 두 눈을 뜨니
문득 한 줄기 바람이 일고
바람이 일어나 흔드니
온갖 바람의 형상들이 생기는도다
살과 뼈에 갇힌 그대여
네가 바라보는 모든 것들이
이제는 살과 뼈에 갇혀 있구나
육추(六麤)*의 구멍 속에서 숨쉬는 그대여
네 마음의 곳간 가득히

온 세상의 지식이 쌓이면 쌓일수록
지식 밖의 무지의 영토는 더욱 넓어지고
네 굳은 믿음의 지층에서 채굴하는
보석들이 눈부시게 빛나면 빛날수록
너는 캄캄한 바위로 굳어지는도다
외눈이로 건공중을 바이없이 헤매도는 그대여
아는 것이 없으면 모르는 것도 없다 하느니
네 마음의 곳간마다 가득한
지식과 보석은 모래를 낳고
모래는 끝없이 번식하여 사막을 이루는도다
사막의 신기루는 네 마음이 세웠느니
바람이 물결짓는 마음을
이제는 고요히 잠재워야 하리라
그 고요의 맑은 거울을 보아야 하리라.

* 육추: 대승기신론(大乘起信論)의 용어. 무명으로부터 비롯되는 앎과 업고의
여섯 가지 상(相).

그 짐승

이 무슨 대낮에 난데없이 낮도깨비가 튀어나와 애들 앞에서 재주넘는 일이란 말인가. 참으로 어처구니가 없는 일이었다. 어처구니가 없기는 하지만 그렇다고 그저 입만 벌리고 앉아 있을 수만도 없는 일이었다. 어렴풋이나마 아주 불길한 재앙의 조짐이 어디선가 솔솔 피어나고 있음이 역력해 보였다. 사람들은 너나할 것 없이 안절부절 뒤숭숭한 마음에 그저 손부채질이나 해대고 있을 수밖에는 없었다.

이 해괴한 사태가 맨 처음에 그 싹을 뾰조롬히 내밀었을 때만 해도 사람들은 그저 심심한 차에 참 별 희한한 일도 다 있네 하는 정도로 재미있어했다.

그 싹은 이렇다.

K시의 변두리 야산 자락의 작은 사슴농장 주인이 어느 날 산에 올라갔다가 아주 이상하게 생긴 짐승 한 마리를 잡았다. 농장 주인은 무슨 구조조정인지 무엇인지 하는 바람에 다니던 은행을 조기 퇴직한 중년의 사내였다. 그날 사내는 사슴이 좋아하는 풀이나 잎 덩굴을 한 동 좋이 뭉뚱그려 등짐을 하고 산길을 내려오고 있었다. 그런데 뒤에서 자꾸 무슨 기척이 있는 것 같아 이따금 뒤돌아보곤 했는데 그때마다 보이는 것은

아무것도 없었다. 그런데도 자기 발자국을 따라붙어서 무엇인가 뒤쫓고 있다는 느낌을 떨칠 수가 없어서 여러 번을 참고 걷다가 다시 한번 얼른 뒤를 돌아보았다.

거기 그 짐승이 그를 바라보고 서 있었다. 온몸이 한순간에 얼어붙는 듯한 섬뜩한 기운이 머리끝에서부터 발끝까지 뻗쳤다. 이게 도대체 무슨 짐승이란 말인가. 중개만한 크기인데 그 모양이 너무나 기괴망측하고 야릇해서 일시에 머리가 백지장처럼 하얘졌다. 우두망찰하고 바라만 보았다. 이 세상의 온갖 짐승이란 짐승을 한몸에 다 뒤버무려놓은 것 같기도 하고, 생물이 아니라 무슨 고사목 둥치나 바위 같기도 해서 도무지 종잡을 수가 없는 모습이었다. 게다가 오만 기가 턱 막힐 일은 보면 볼수록 아니 눈을 씻고 순간순간 보면 볼 때마다 그것은 신통한 둔갑술이나 하는 듯이 갖가지로 달리 보였다.

고슴도치마냥 머리끝까지 쭈뼛 선 채 작대기를 휘두르고 고함을 치며 몇 번이고 쫓아보았지만 쫓으면 쫓은 만큼 물러가서 그가 다시 뒤돌아 걷기를 그 짐승은 기다렸다. 그러다가 이미 호기심도 참을 수 없을 만큼 마음의 여유도 생기게 되고 무엇보다 그 짐승이 무엇을 해칠 것 같지는 않다는 믿음도 버팀목이 되어주었다. 그래서 막연하나마 그것이 가져다줄 어떤 행운 같은 것이 있을지도 모른다는 기대감도 슬그머니 생기는지라 그는 뒤돌아 걸으며 그것을 슬슬 유인해보았다. 그가 걷는 대로 그 짐승도 그의 발자국을 따라 쫓아왔다.

그가 집에 도착했을 때 사람들은 그를 졸졸 따라오는 그 짐승을 보고 그야말로 기절초풍했다. 그는 집 안 사람들을 안심시키며 몇마디 짧게 설명한 뒤 그 짐승을 높고 튼튼한 쇠울타리를 친 사슴 우리로 몰아넣었다. 그리고 문단속을 단단히 해두었다.

소문은 금세 퍼졌다. 먼저 인동 사람들이 만 일을 제쳐두고 그 짐승을 보기 위해 사슴농장으로 모여들었다. 그 짐승을 친견하는 사람들의 첫 반응도 참 오방색으로 갖가지였다. 거의 사색이 되어 경직된 듯 땅바닥에 붙박이는 사람, 괴성을 지르며 뒷걸음치는 사람, 홀린 듯 바라보다 엉엉 우는 사람, 말도 못 하고 그저 히죽히죽 웃기만 하는 사람, 오만상을 찌푸린 채 넋이 빠져 있는 사람.

이윽고 제정신을 찾은 사람들이 한결 늘쳐직해진 마음으

로 여유롭게 한마디씩 던지기 시작했다. 그것 참 꼭 개구리같이 생겼다, 기린 새끼같이 생겼다, 석상으로 본 해태 같다, 생선으로 치면 꼭 삼세기 같다, 아니 도치 같다, 무슨 흙덩이를 주물러놓은 것 같다, 꿈에서 본 듯한 괴물 같다, 알록달록 꽃덤불 같다 등등 그야말로 제 눈에 비치는 대로 거품이 꺼지는 소리들을 해대었다.

그렇게 한참 동안 북새통을 떨다가 어느새 사람들은 점점 입을 다물기 시작했다. 무슨 냄새 같기도 하고 딱히 보려고 들면 보이지도 않는 이내 같은 낌새가, 마치 아슴하게 다가오는 불길한 그리메 같은 것이 공기 중에 떠도는 것처럼 느껴졌기 때문이었다.

그러고 보니 경황실색하여 부산을 떨다가 놓친 이상한 점이 한두 가지 짚여졌다. 그 짐승은 우리의 한쪽 그늘에 꼼짝하지 않고 얌전히 앉아 있었다. 그 동안 사람들이 더러 긴 막대기로 위협하며 건드려보기도 하고, 괴성을 지르며 돌멩이를 던져 맞히기도 했는데 그것은 미동도 하지 않은 채 아무 소리도 내지 않았던 것이다.

조용한 짐승.

그것은 실물이 아니라 무슨 그림자이거나 사람들이 그런 것이거니 하고 믿고 보는 헛것인 것만 같았다.

그리고 공중에 떠도는 듯한 그 불길한 그리메가 갑자기 제 모습을 나타낸 것처럼 사람들이 동시에 화들짝 놀란 것은 우리 안에서 잔뜩 겁을 먹은 눈으로 사람들을 보면서 화려한 보신용 녹용을 이따금 흔들어 보이는 사슴들은 정작 그 짐승이 전혀 보이지 않는 것처럼 행동했기 때문이었다. 사슴은 그 짐승이 거기에 아예 없는 것처럼 지나가다가 발에 무엇이 걸린 듯 곱게 넘어갈 뿐 그 짐승은 거들떠보지도 않았던 것이다. 그제서야 가랑잎이 굴러가거나 쉬파리만 날아가도 일쑤 짖어대던 농장의 개조차 그 짐승을 보거나 단 한 번도 짖어대지 않았다는 것에 생각이 미쳤다. 분명히 짐승들한테는 그 짐승이 보이지 않는 모양이었다.

이 무슨 괴이하고도 해괴망측한 일이란 말인가.

사람들은 냄새처럼 풍기는 그 알 수 없는 불길한 낌새를 입 밖으로 자칫 꺼내면 큰일날세라 안으로만 다지며 그것을 애써 덮으려는 듯, 그것 참 백여우 조상 귀신인지 둔갑술 한 번 희한하네, 아마도 하늘이 신물을 보낸 것 같으니 이참에

복권이나 한 장 사야겠네 등등 희떠운 소리들을 맥없이 흘렸다. 그러고는 실실 흩어졌다.

예나 제나 발 없는 말이 천 리 방방곡곡을 들쑤시고 다니는 것은 정한 이치여서 그 기묘한 짐승을 한 번이라도 보려는 사람들이 곳곳에서 서둘러 몰려들었다. 중앙과 지방의, 이름도 다 꿰기 힘든 신문 잡지의 기자들이 카메라를 메고 몰려오고 각 방송국에서는 촬영장비를 이끌고 닥쳐들었다. 물론 생물학자, 동물학자, 환경생태학자, 심리학자, 사회학자 그리고 수많은 직종의 전문가들이 빠지지 않고 찾아왔다.

그 짐승에 대한 무수한 말들이 오가고 오가다 부딪치고, 또 끊임없이 새로운 이야기들이 만들어지고 왜곡되어 전파로 활자로 붕붕거리며 흩어졌다. 그야말로 북새통에 말벌통을 던져놓고 불을 지른 꼴이었다.

그런데 전국 규모로 전 국민이 귀신에 홀린 꼴이 되어 한꺼번에 대경실색한 것은 바로 그 짐승에 대한 보도가 전파를 타고 나가는 순간이었다. 생생한 현장의 TV 영상 속 어디에도 그 기묘한 짐승은 꼬리의 터럭조차 보이지 않았다. 높고 튼튼한 쇠울타리 안에 있는 사슴들과 한쪽에 쌓인 사슴의 똥

무더기와 풀더미, 그리고 울타리 밖에서 웅성거리는 수많은 사람들과 여기저기 촬영하는 기자들만 청맹과니 같은 화면에 덩그러니 비치고 있었다. 정작 보일 것은 보이지 않는 청맹과니 같은 화면에서 그 짐승에 대한 갖가지 취재 내용을 보도하는 기자의 들뜬 목소리만 참으로 생뚱한 맹물이 되어 흘러나오고 있었다.

TV 영상뿐만이 아니었다. 각 신문사 잡지사 할 것 없이 그 짐승을 촬영했던 모든 필름 속에는 애당초 현장에 그 짐승은 없었던 듯 여타의 피사체들만 그럴듯한 구도 속에 선명하게 남아 있었다.

날벼락도 유만부동이지 이 무슨 어이사니없는 꼴이란 말인가. 촬영을 한 사람들은 물론이고 제 두 눈을 번히 뜨고 현장에서 구경을 했던 사람들 모두가 아무리 꿈이 아닌지 제 살을 꼬집어보고 이리저리 자반뒤집기를 해보아도 도무지 알 수 없는 일이기는 매한가지였다.

그들은 어떻게 하든 제정신을 찾아보려고 다시 사슴농장으로 다투어 몰려갔다.

농장은 벌써 지난번보다 더 많은 촬영객들과 구경꾼들이

모여 북새통을 이루고 있었다. 그런데 반드시 있어야만 되는 그 짐승은 보이지 않았다. 그야말로 산천과 구경꾼은 의구한데 그 짐승은 간 데 없는 꼴이었다. 방송으로 신문으로 그 짐승에 대한 보도가 나간 바로 그날 밤 그것은 감쪽같이 사라졌다는 것이다. 사슴 우리의 쇠울타리도, 우리를 덮고 있던 그 물망도 예대로 의연한데 거짓말처럼 그 짐승만 흔적도 없이 사라져버렸다는 것이다.

사람들은 어안이 벙벙한 채 유구무언으로 서로의 얼굴만 멀뚱히 바라볼 뿐이었다. 과연 그 짐승이 존재했었던 것인지 그리고 자신들이 그것을 보았던 것이 분명한 사실인지 아닌지 도무지 갈피가 잡히지 않았다. 그것이 분명히 존재했었다고 말하자니 천지에 터럭 하나 증거가 없고, 자신들이 분명히 보았다고 말하자니 사람마다 백인백색으로 그 짐승을 묘사하는 통에 스스로도 자신있게 말할 수 없는 지경이 되어버렸다.

각설 막설하고 이 해괴한 사태는 그야말로 한때의 일장춘몽이요 남가일몽이요 한단지몽에 노생지몽이 되고 말았다. 불가에서는 제 허망한 욕망에 따라 있지도 않은 것을 마음속에서 말로 만들어 사랑하고 분별하며 마치 있는 것처럼 집착

하는 것을 계명자상(計名字相)이라 한다더니 바로 이런 것을 두고 이르는 것일지도 모를 일이었다. 어쨌거나 집단최면이란 것이 있으니 한때의 집단망상도 있을 것이고 집단환시나 집단환청도 없을 수는 없는 법이라고 속으로 되뇌면서 사람들은 문밖으로 나가 있는 제정신들을 가까스로 불러들일 수밖에 없었다.

여기까지가 이미 말한 바와 같이 재미있어할 수도 있는 이 해괴한 사태의 싹이라면 싹이라 할 수 있겠다.

그런데 이 세상에 처음부터 없었던 것이 돌연 있게 되는 일이란 없는 법이다. 뿌리지 않은 씨앗에서 싹이 나올 수 없고, 없는 싹에서 개화결실이 있을 수 없는 것은 만고불변의 이치다. 이 해괴한 사태의 야단법석이 잠잠해지고 사람들의 기억에서 그것이 희미해졌다고 해서 있었던 싹이 아예 없어졌다고 하기에는 아직 이른 것이다. 그 싹은 사람이 볼 수 있는 가시권 밖에서 그리고 사람이 알 수 있는 가지계(可知界) 밖에서 그 개화결실을 준비하는 시간이 필요했던 것이다.

얼마 뒤에 과연 그 싹은 첫 개화를 하게 되는데, 맨 처음에 그 짐승을 잡아온 사슴농장의 주인이 바로 그 기묘한 꽃의 주인공이 되었다. 멀쩡하던 사람이 어느 날 갑자기 미쳐버린 것이다. 미쳐도 예사롭게 미친 것이 아니라 듣도 보도 못해본 증상을 보이면서 미쳐버린 것이다.

그날도 그는 여느 때처럼 사슴 먹이로 쓸 푸나무 한 짐을 짊어지고 집으로 돌아왔다. 점심때가 좀 겨운 때였다. 그는 채 짐을 내려놓기도 전에 부엌에서 일하고 있는 아내를 향해 소리를 질렀다.

"해라 돌도 파고 바람 불어."

아내는 무슨 소리인지 잘 알아듣지도 못한 채 남편이 이제 왔나보다 하고 하던 일을 계속했다. 그가 사슴 우리에 푸나무 짐을 흩뿌려준 다음 집으로 들어오면서 다시 큰 소리로 아내에게 말을 하였다.

"나무 해가 울지 마라고 흙이 흙이 푸니 애들이야."

그제서야 아내가 밖을 내다보면서 물었다.

"뭐라고요? 뭐가 어쨌다고요?"

그가 아내한테 다가가면서 다시 큰 소리로 말했다.

"돌도 밖에 갈대가 솔잎 찢어 놓고 있다니까."

"아니, 이 양반이 갑자기 미쳤나. 도대체 그게 무슨 소리야? 여보 무슨 말이야 그게?"

두 사람은 한참을 이런 식으로 실랑이를 하면서 점점 다급해진 목소리로 고함을 질렀다. 마치 화성인과 지구인의 대화처럼 처음부터 말은 서로에게 무의미한 소리로만 들렸다. 아내는 가슴이 덜컥 내려앉으면서 등골로 식은땀이 흘렀다. 드디어 올 것이 오고 말았나보다, 아이고 이를 어쩔꼬, 그놈의 짐승이 기어이 일을 내는구만, 하고 아내는 넋 빠진 표정을 하고 남편을 멍하니 바라보았다. 다리가 후들거리며 온몸의 피가 싹 가시는 듯했다.

그런 아내를 성난 표정으로 바라보던 그가 갑자기 거칠게 아내를 내밀치면서 부엌으로 달려갔다. 그리고 허겁지겁 밥이야 반찬이야 먹을 것을 대강 챙겨서 먹기 시작했다. 그러고 보니 귀신이 딸꾹질하는 소리 같은 그 알아들을 수 없는 말들은, 배고프니 빨리 밥이나 달라, 귀가 처먹었나, 내 말 안 들려, 정도의 뜻이었던가보았다.

밥을 다 먹고 나더니 아직도 망연자실하여 부엌 한쪽에 쪼그리고 앉아서 남편을 바라보고 있는 아내를 향해 그는 다시 한번 그 알아들을 수 없는 말을 씨부렁거리며 제 방으로 화난 듯이 씩씩거리고 들어갔다.

망측하게시리 일은 이렇게 시작되었다. 도무지 말이 통하지 않았다. 그리고 전에 없이 사흘 굶은 걸신처럼 게걸스러웠고 무슨 일에나 허겁지겁 헐레벌떡 달려들어 기갈을 풀 듯이 해치웠으나 영 턱도 없이 양이 차지 않는지 늘 불만스러운 표정으로 오만상을 찌푸리고 다니며 신경질을 부렸다. 그러다 보니 날마다 고함소리와 울음소리가 그치지 않았고, 그릇이 깨지고 가재도구가 나뒹굴고 이웃들과 멱살잡이로 다투는 일이 나날이 더해갔다.

구슬도 꿰어야 보배라는데, 말이 한번 흩어져버리자 그것들을 제자리에 다시 꿰어넣지 못하고 원래 꿰어져 있던 정상의 테두리 밖에서 그 혼자 헤매고 있었다. 그가 하는 말이란 것이 말소리 따로 말뜻 따로 제멋대로인 것이었다. 말소리와 말뜻이 따로따로 떠돌다가 우연히 만나 손을 잡고 튀어나오는 듯했다. 예컨대 밥을 어느 때 돌멩이라고 했다면 다음에는 그것이 개똥으로 둔갑하는 식이었다.

밥이 돌멩이로, 돌멩이에서 개똥으로, 개똥에서 또 분꽃으로 자꾸 둔갑하는 것을 보면 그 밥이란 것도 실은 밥만이 아니라 우리가 알 수 없는 그 무엇이 둔갑하여 나타난 것이 아닌가 싶었다. 말하자면 그가 말하고자 하는 속뜻은 밥 너머에 있는 그 무엇인데, 그 무엇이 딱 잡히지 않는 오리무중이어서 우선 급한 대로 밥으로 둔갑하고 또 그 밥이 밥만이 아닌 까닭에 자꾸 다른 것으로 둔갑하는 것이 아닌가 싶었다. 그러나 밥 너머에 있는 그 무엇이 도대체 무엇인지 알 수가 없으니 답답한 노릇이었다.

또 한편으로 그에게는 밥이 밥 같지 않고 돌멩이가 돌멩이 같지 않고 개똥이 개똥 같지 않아서 그렇게 말 둔갑이 일어나는 것 같기도 했다. 어쨌든 사람이 밥을 먹고 산다고는 하지만 정녕 말을 먹고 사는 것이 사람이란 말이 실로 맞는 말이었다. 그러나 아무리 말을 먹고 먹어도 배가 부르지 않으니 그것이 탈이었다.

결국 그는 정신병원에 수용되었다. 그런데 그 한 사람으로 이러한 괴악망측한 사태가 끝나는 것이 아니었다. 그가 정신병원에 수용된 뒤부터 인근 여기저기서 그와 똑같은 미친 사람들이 마치 비 온 뒤 죽순들이 사방에서 소리없이 뾰족뾰족

솟듯이 생겨났다. 어떤 사람은 지나가던 고양이를 보고 있는데 갑자기 그것이 그 기묘한 짐승으로 둔갑하더라는 것이다. 그러고는 며칠 뒤 그 사람은 그 괴악한 정신병이 도졌다. 미친 사람마다 갖가지 짐승과 가축이 그 둔갑하는 짐승으로 변하는 것을 보고는 속절없이 끔찍한 재앙을 당했다.

이 말도 안 되는 난리통에 어느새 누가 지었는지 사람들은 이렇게 미친 사람들을 '언둔갑(言遁甲)이'라고 불렀다. 언필칭 언둔갑이라 하니 딴은 그럴듯한 작명이었다. 온갖 것으로 둔갑하는 그 짐승을 보고 발병하여 말을 가지고 둔갑을 하니 그런 이름이 생겨날 법도 하였다.

어쨌거나 불치의 돌림병이 휩쓸듯이 언둔갑 병에 걸린 언둔갑이들이 곳곳에서 날뛰자 세상은 마치 아궁이에 대나무를 다발로 불 지피며 냄비에 날콩을 볶아대듯이 시끌시끌하고 어수선해졌다. 사람들은 모두 전전긍긍 어찌할 바를 몰랐다. 언둔갑이가 생긴 집 사람들은 말할 것도 없거니와 아직 요행히 그 재앙에서 벗어난 사람들도 언제 그놈의 과녁이 될지 알수가 없는 일이어서 하루하루가 안절부절 도시 사는 것이 사는 것이 아니었다.

정신병원이 더이상 수용할 수 없을 정도로 넘쳐나자 당국은 임시수용소를 급조하여 언둔갑이들을 수용하기 시작하였다. 그리고 언둔갑 병 발생 초기부터 정신과의사, 언어심리학자, 사회학자 등 여러 전문가들로 구성된 조사위원회에서는 그 동안 언둔갑이들을 면밀히 관찰하고 분석한 일단의 결과를 발표하였다. 그런데 그 발표란 것이 고작 다음과 같은, 일견 심오하게 들리기도 하나 결국은 알쏭달쏭한 말들의 꿰맞춤이었다.

　첫째, 언둔갑 병의 원인은 아직 자세히 밝혀지지는 않았으나 개인적 소인과 사회적 소인이 함께 작용했을 것으로 추정된다. 그리고 그러한 소인들이 근원적으로 생명현상과 인간성에 뿌리를 박고 있는 매우 고태적인 현상 같다. 둘째, 언둔갑이들의 종잡을 수 없는 말을 아직은 다 알 수는 없지만 무의미한 듯한 그들의 말은 모두 어떤 공통적인 배후의 속뜻을 가지고 있는 것 같고 발병의 원인도 공통적인 사회적 억압 같은 그 무엇이 있는 것 같다. 셋째, 지금으로서는 무엇보다 마음을 동요하지 말고 침착하게 그리고 인내심을 가지고 일상의 생업에 전념하는 것이 이 병을 멀리하는 길인 것 같다.

이것이 하나마나한 발표문의 전부였다. 모두 추정된다거나 뭐뭐한 것 같다는 말이었다. 전문가들조차 확신도 가지고 알 수가 없다는 말을 과연 누가 믿을 수 있다는 말인가.

더이상 속수무책으로 방관할 수만은 없게 되자 드디어 당국은 경황중에 결단을 내렸다. 늘상 하던 방식으로 언둔갑 병이 발생한 지역을 중심으로 반경 사 킬로미터에 방역망을 설치하고 사람은 물론 모든 생물의 출입을 엄격히 통제하였다. 그리고 우선 그 방역망 내의 지역에 있는 모든 가축과 짐승들을 도살하여 땅 속 깊이 매몰하였다. 피비린내가 이웃 지역까지 풍기는 듯했다. 실증도 되지 않은 그 짐승 때문에 애먼 뭇 짐승들이 사람 대신 떼죽음을 당한 꼴이었다.

그러나 정신병에 무슨 방역망과 출입통제가 당키나 한 말인가. 이와 같은 화급한 미봉책을 비웃기나 하는 듯이 시간이 지나면서 언둔갑이들은 전국적으로 여기저기 나타나기 시작했다. 참으로 언어도단이요 불립문자의 지경으로 사태는 치닫는 듯했다.

다급하다 못해 화급해지면 신발을 거꾸로 꿰어신고도 내달을 수 있고 쫓기는 까투리같이 가랑잎 몇 장에도 머리를 쑤

셔박고 숨을 수 있는 법이다. 사람들은 이제 지푸라기라도 잡는 심정으로 우선 제 집에서 키우던 개, 고양이, 닭, 돼지, 소 등을 닥치는 대로 도살하여 땅 속 깊이 묻기 시작했다. 이렇게 되고 보니 대형 축산농가들만 울상이 되어 안절부절 이웃들의 눈치만을 살피며 하루하루 소태를 씹어야 하는 신세로 전락해버렸다. 방방곡곡이 아비초열지옥이 되고 규환지옥이 되어 짐승들의 피비린내와 단말마의 신음소리가 그치지 않았다.

당국도 이제는 방역망을 전국으로 확대할 수도 없고 전국의 짐승들을 모조리 몰살시킬 수도 없어 진퇴양난의 빈 가마솥에 그저 군불만 지피고 있을 수밖에 없는 꼴이 되고 말았다. 그런데 설상가상이 되는 쪽도 있고 설상가양(雪上加陽)이 되는 쪽도 있겠지만 언둔갑이가 꼭 길짐승만 보고 발병하는 것이 아니고 날짐승이나 큰 나무를 보고 변을 당할 뿐만 아니라 심지어는 두 발로 걷는 사람 짐승을 보고도 발병한다는 사실이 알려졌다.

그러면 그렇지 어찌 짐승 중에 짐승이랄 수 있는 사람만 빼어놓고 그런 변고가 생길 수 있겠는가 싶은 것이었다. 애먼 짐승들만 죽이는 꼴은 마치 소풍 나간 돼지 몇 마리가 서로 돌아가며 숫자를 헤아려보는데 자기 자신은 빼어놓고 셈을 했던 고로 아무리 세어보아도 숫자가 맞지 않아 골통을 쥐어 짜더라는 꼴 풍경과 무엇이 다르겠는가 싶은 것이었다. 그러니 이제는 엎친 데 덮친 격으로 사태가 팥죽에 쇠죽을 엎어놓은 꼴이 되어서 도무지 어디서부터 갈피를 풀어야 할지 그저 아득하고 묘연하기만 할 뿐이었다.

사람들은 이제 하늘만 바라보았다.

언둔갑이들은 곳곳에서 날뛰고 싸우고 터지고 이리저리 쫓고 쫓겼다.

그렇게 넋이 빠진 세상에도 어수선한 대로 시간은 흘러갔다.

정신병이든 돌림병이든 한번 일어난 것은 언젠가 스러지는 것이 정한 이치. 계절이 바뀌면서 요행히 언둔갑 병은 뜸해지더니 종내는 꼬리를 감추고 완전히 물러갔다.

사람은 꼭 살려고 해서 사는 것도 아니고 그렇다고 해서 저절로 살아지는 것도 아니다. 그렇게 저렇게 살기 마련이고

살다보면 세월 가고 좋은 봄날이 되어 끔찍한 옛일도 그저 그
랬더니라 정도의 얄궂고도 곰살궂은 정감으로 다가올 수도
있는 법이다.

그래서 사람들은 다시 궤도를 타는 일상생활 속으로 몰입
되었다.

그러나 사려 깊은 늙은이들은 그 괴악한 병마가 사람들의
가시권 밖 어느 피안에서 때를 기다리고 있다가 언젠가는 또
다른 모습으로 둔갑하여 나타날지 모르는 일이라고 걱정들을
하고 한숨을 쉬었다.

하늘 아래 있는 것 치고 새로운 것은 하나도 없으며 동시
에 예대로 있는 것 또한 하나도 없다고 하니, 과연 그 짐승과
언둔갑 병 또한 예대로 있기도 하고 다시 새롭게 나타나기도
할 것이었다.

이러매 내가 노래한다.

어둠이 낳고 기른 그 짐승을

실은 없는 그 짐승을
어둠 속에서 나는 보았다
없으므로 더욱 힘이 세고
온갖 형상으로 있게 되는 그 짐승을
인생의 황혼녘에 나는 만났다
돌아보니 길고긴 세월을 헤매었구나
어두운 가시덤불 숲길에서
눈먼 세월 온몸에 단근질하고
눈비 내리는 들판길 수렁에 빠지면서
맨몸 네 발로 예까지 기어왔구나
어찌하여 나는 어둠 속에서 눈을 뜨고
말의 창틀로 세상을 내다보기 시작했던가
촘촘한 말의 그물에 갇혀
평생을 청맹과니로 떠돌아야 했던가
눈에 보이고 귀에 들리는 것 모두가
스스로 번식하는 저 말의 그물조차
그 짐승의 꿈같은 장난이었고
나 또한 그 짐승의 충직한 노예였구나

불을 켠 도깨비의 눈알처럼
붉은 해는 수평선에 걸려 있고
바다는 와, 와, 와, 함성을 지르면서
수많은 짐승떼를 몰고 오고 몰고 오지만
찢어진 그물을 하늬바람에 펄럭이며
아, 나는 이제 미쳐버렸는가
처음부터 바다는 고요한 무덤이었으니
어둠 속에서 눈을 감고
그 무덤 속으로 침몰하라
아니 한 개 돌멩이 속으로 입적하라
아니 지푸라기 속으로 입적하라
어디로 달려가도 큰 허공이 있고
밝은 허공 어디에도
그 짐승은 그림자도 보이지 않으니
이제 나는 찢어진 그물을 기워
다시 바다에 나가리라
고요한 무덤에 바람이 불고 물결이 일면
그 짐승이 그물질하는 것을 바라보리라

그물 속 비늘도 눈부신 고기를 보며
그 짐승이 하얗게 이빨을 드러내고
환히 웃는 모습을 바라보리라.

포탄과 종소리

나는 열일곱 살이 되던 소년 시절 한 해를 서해의 하(荷)섬
이라는 아주 작은 섬에서 보냈습니다.

변산반도 마포나루에서 바로 건너다보이는 섬인데 그 이
름처럼 연꽃 한 송이가 푸른 바다에 떠 있는 형상입니다. 멀
리서 보면 수평선에서부터 켜켜이 주름지며 달려온 물이랑들
이 차례로 한 송이의 연꽃 가장자리를 안타까이 어루만지고
어루만지곤 하다가 하릴없이 돌아가는 그런 모습이었습니다.

이 섬은 원불교의 요양원이나 수도원 비슷한 그런 곳입니
다. 섬의 한가운데쯤에 있는 본채에서는 스님 한 분이 늙은
보살님 한 분과 그리고 또 한 명의 좀 젊은 보살님과 함께 거
처하였고, 섬의 동쪽 기슭에는 서로 외떨어진 두 채의 작은
초가집이 있었는데 나는 그중 하나를 차지하고 살았습니다.
나머지 한 채의 집은 스님이나 도인 같은 분들이 잠시잠시 머
물다 가는 집으로 평소에는 늘 비어 있었습니다.

그러니까 밭일이 있을 때 더러 마포 마을에서 건너와 거들
어주는 아주 수더분한 떠꺼머리 총각을 제외한다면 섬에서
상주하는 사람은 나를 포함하여 단 네 명뿐이었던 셈입니다.

나는 특별히 무슨 할일이 있어서 거기 있었던 것이 아니었

기 때문에 내 생활은 참으로 단조롭고 막막하고 무료하기 짝이 없었습니다.

낮에는 쪽마루에 앉아서 마당가의 대숲에 부는 바람 소리를 오래오래 무심히 듣고 있거나, 서걱이는 댓잎 사이사이로 잘게 부서진 거울 조각처럼 햇빛에 반짝이는 바다를 넋 놓고 바라보거나, 아니면 섬의 북쪽 끝에 있는 낭떠러지 위에 앉아서 아득한 수평선과 창망한 바다를 하염없이 바라보다가 해가 기울면 섬의 서쪽에 있는 소나무숲에서 서러운 울음처럼 하늘을 붉게 물들이는 노을을 어두워질 때까지 바라보거나 하는 일들이 하루의 일과처럼 되었습니다.

그리고 밤이 되면 석유 등잔불을 밝히고 책을 읽었습니다. 손에 잡히는 대로 참으로 많은 책들을 읽었습니다. 순전히 막막한 무료감을 달래기 위해서 책을 읽었던 것이므로 그 내용과 뜻이 이해가 되고 안 되고는 아무 문제가 되지 않았습니다. 만일 무엇을 알고자 하거나 글의 뜻을 새기며 읽었다면 그렇게 많은 책을 읽을 수는 없었을 것입니다. 그야말로 책도 무심히 읽었다고 해야 옳을 듯합니다.

하루 세끼 공양은 본채에서 했기 때문에 내 집에서 본채까지 가는 완만한 고갯마루 길을 늘 정해진 시간에 세 번씩 넘어다녀야 했습니다. 숲길을 벗어나면 고개 등성이부터는 양편으로 꽤 넓은 밭들입니다. 봄이면 이 등성이 일대는 푸른 보리밭이 되었고 가을에는 키가 큰 수수밭이 되었습니다. 봄가을 밤마다 이 보리밭과 수수밭 위로 뜨고 지는 달을 참 많이도 보았습니다. 보리밭이나 수수밭 위로 보는 달은 둥근달보다는 초승달이나 조각달이 참으로 아름답고 인상적입니다. 아마 초승달이나 조각달이 주는 그 처연한 청량감 때문일 것입니다.

초승달도 없는 칠흑 같은 밤에 이 등성이를 넘다보면 더러 섬뜩한 무섬증이 들곤 했는데 그때마다 나는 스님이 일러준 대로, 천지여아동일체(天地與我同一體) 아여천지동심정(我與天地同心正) — 천지와 내가 한몸이요 나와 천지가 한마음일세 — 을 외우곤 했습니다. 그러면 신통하게도 무슨 비주(秘呪)의 효력처럼 무섬증이 가시는 것이었습니다. 나는 이후로 무섬증이 없어진 뒤에도 마치 염불하듯이 자주 이 구절을 외웠는데 나중에는 아주 입에 붙어버려서 아무 때나 무심코 이 구절을 중얼거리게끔 되었습니다.

그래서 그랬던 것일까요.

본채에서 하루 세끼 공양시간을 알리는 종소리가 울리는데 언제부터인지 이 종소리가 '천지여아동일체 아여천지동심정'을 음송하는 듯이 들렸습니다. 천지여아동일체 아여천지동심정. 그러니까 이 종소리는 그 비주와 같은 구절의 뜻에 밥 먹어라 밥 먹어라 하는 또다른 속뜻을 함축시켰던 것입니다.

그런데 이와 같은 종소리를 내는 종은 처음부터 정상적인 종으로 주조된 것이 아니었습니다. 그것은 6·25 전란의 유물임이 분명한 커다란 포탄 껍데기였던 것입니다. 이 속이 빈 포탄을 마당가의 대추나무에 걸어놓고 하루 세 번씩 종소리를 울린 것입니다. 이 포탄이 얼마나 많은 파괴와 살상을 했는지는 알 수 없지만 이제 분명한 것은 그 죽음의 포탄이 지금은 생명의 종소리로 바뀌었다는 사실입니다.

오랜 세월이 흘렀지만 나는 지금도 어디서 종소리를 들으면, 천지와 내가 한몸이요 나와 천지가 한마음이니 밥 먹어라 밥 먹어라 하는 그 포탄 종소리를 떠올리곤 합니다.

그 한 송이 연꽃 같은 하섬에서는 지금도 대추나무에 포탄종을 걸어놓고 치고 있는지, 봄가을에는 등성이의 보리밭과

수수밭 위로 여전히 그 처연한 초승달이 뜨고 지는지, 그뒤로
그곳에 가본 일이 없어서 나는 알 수가 없습니다.

이러매 내가 노래한다.

하나의 쇠붙이가 종과 포탄으로 나뉘어
한쪽에서는 폭음이 울리고
또 한쪽에서는 종소리가 울리네
한몸 한마음이 천지와 만물로 나뉘어
저저금 제 소리로 외치고 있네
대추나무에 포탄 종을 걸어놓은 까닭은
이제는 포탄과 종이 하나가 되어
하늘 끝까지 땅 끝까지 울리라는 뜻이네
잘 익은 대추가 탕약 속에서
갖은 약재를 하나로 중화시켜
생명을 살려내고 북돋우듯이
대추나무 포탄 종을 울리라는 뜻이네

천지는 나의 밥이고
나는 또한 천지의 밥이니
쉼없이 생육하고 생육하라는 뜻이네

푸른 바다의 천 이랑 만 이랑 물결들이
안타까이 어루만지다가 돌아가는
작은 연꽃 섬에서는
봄 가을 날마다
대추나무의 포탄 종을 울렸었네.

관상시에 대하여

관상(觀象)은 상(象)을 직관한다는 뜻인데 주역(周易)의 방법이기도 하다. 그래서 주역 철학을 관상 철학이라고도 한다. 또 한편으로 동양의 시적 전통에서는 시 작품을 평할 때 흔히 기상(氣象)이 늠연하다느니, 기상이 보이지 않는다느니 하는 말들을 하는데, 이러한 표현에서 알 수 있는 바와 같이 상, 즉 기상이란 것은 시에서도 전의적(轉義的)으로 매우 핵심적인 개념이 되어 있다.

동양의 철학과 시는 상을 직관하는 것을 중시하는 전통이 있고 서양의 철학과 시는 의미의 사고를 중시하는 전통이 있다. 한쪽은 직관의 길이요 다른 쪽은 사고의 길이다. 상과 직관은 일차적이고 자연적인 것이요 의미와 사고는 이차적이고 문화적인 것이다.

그런데 오늘날은 사고의 힘이 일방적으로 지배하는 상황이 되었다. 그 결과 의미의 지적 조작에 의해 무수한 이데올로기가 생산되어 세상은 갈등과 투쟁이 그치지 않게 되고 과실재(hyperreality)와 과공간(hyperspace)이라는 유희적 세계가 난무하게 되었다. 심지어는 이른바 순수 모조(pure-simulation)까지 등장하는 바람에 도대체 무엇이 현실이고 초현실인지, 무엇이 참이고 거짓인지 신조차 알 수 없는 지경이 되어버렸다.

이러한 상황에서 참다운 현실 혹은 자연으로 돌아가고자 하고, 사고의 인위적이고 지적인 조작으로부터 직관의 자연적인 본능으로 회귀하고자 하는 반동이 생기는 것은 지극히 당연한 일이다. 바로 여기에서 동양의 시적 전통에 따라 상의 직관을 위주로 하는 관상시가 요청되는 것이다.

상이란 기(氣)가 움직이는 모습, 즉 기상(氣象)이다. 기는 우주의 본체라고도 할 수 있는 것이므로 이 세상의 모든 존재와 현상은 기의 생성이 아닌 것이 하나도 없다. 그럼에도 불구하고 기가 움직이는 모습은 볼 수가 없다. 우리는 다만 기가 움직여 생성한 사물과 현상을 볼 뿐이고 그 사물과 현상의 구체적인 움직임을 통해서 기의 움직임을 느낄 수 있을 뿐이다. 그래서 상을 구체적 동작과 구별하여 순수동작이라 부르는데 우리말의 '짓'과 같은 뜻이라 할 수 있다. 예컨대 손짓,

발짓, 눈짓 등 구체적 동작 속에서 우리는 상이라는 순수동작, 즉 '짓'이 나타나고 있음을 알 수 있다. 예컨대 싹을 보면 위로 솟으려는 기운을 느끼게 되고 기쁜 일이 있는 사람한테서는 밝게 피어나는 기운을 느끼게 되는데, 바로 이 느껴지는 기의 움직임, 즉 기운이 '짓'이요 '상'이다.

기는 자연이다. 기는 사람을 포함하여 천지만물을 생성하면서 처음도 끝도 없이 자연 전체에 일관하여 흐른다. 사람의 마음도 이 생성의 정점에 있는 기의 산물인 것은 더 말할 나위가 없다. 따라서 몬(物)과 몸(身)과 마음(心)은 불연속적인 것이 아니라 연속적인 것이다. 이 연속성 때문에 우리는 자연 혹은 상을 직관할 수 있게 된다.

직관이란 곧 느낌이다. 느낌은 두뇌의 사고를 통해서 간접적으로 이루어지는 것이 아니라 직접적인 몸의 접촉을 통해서 이루어진다. 다시 말하면 느낌은 가슴이나 창자와 같은 내장기관의 앎과 같은 것이다. 그러므로 느낌은 모호하고 무정형적인 것이기는 하지만 사고에 의해 자연을 왜곡하기 이전의 가장 확실한 앎이라 할 수 있다.

그런데 사람의 마음은 상을 직관하는 자연적 차원에만 머물러서는 만족할 수가 없다. 상은 결국 지각과 의식의 여러 단계를 거치면서 변성되고 분절된 기호적 의미 속에 정착하게 된다. 이리하여 사람의 마음은 기호적 의미를 가지고 사고의 길을 걷게 되면서 문화적 차원에서 작동하기 시작한다. 자연을 문화로 교체하여 살 수밖에 없는 것이 인간의 숙명인 것이다. 사람은 이제 사고에 익숙해진 만큼 직관의 힘은 쇠미해져서 직접 자연으로 돌아가 거듭거듭 생신하여 나올 수 있는 일이 어려워졌다.

상을 직관하자면 사고의 길이 생성된 과정을 역순으로 더듬어내려가 의미의 뿌리를 파고들어가야 한다. 후기 구조주의 철학자 들뢰즈는 의미의 뿌리를 파고들어가다가 이른바 명제 안에 존속하는 순수사건을 최종적으로 발견했는데 이것은 일견 직관의 대상인 상과 비교적 흡사한 것으로 생각된다. 그러나 이 순수사건이 문법적으로 부정법의 차원에서 언표되는 것인 한 구체적 의미로 분화되기 이전의 순수의미는 될지언정 상과는 근본적으로 차원이 다른 것이다. 상이라는 순수동작은 순수의미 이전의 분절되지 않은 자연으로서 직관의 대상일 뿐이고 순수의미는 어디까지나 의미인 만큼 의식공간에서 분절된 것으로서 사고의 대상일 뿐일 수밖에 없기 때문이다.

따라서 우리가 직접 자연 또는 실재가 나타난 현실을 보자면 '몬-몸-마음'의 연속성 속에서 마음과 자연의 접촉점인 몸을 주목할 수밖에 없다. 몸은 감각과 직관의 원천이다. 잘 알려진 바와 같이 원시인과 어린이의 심성의 본질적 특징은 감각과 직관의 기능이 압도적이라는 데에 있다. 그리고 융에 의하면 개체발생학적으로나 계통발생학적으로 사고와 감정은 이 감각과 직관으로부터 파생된 것이라 한다.

이와 같은 까닭에 융은 인간 정신의 네 가지 기능을 좌표화하면서 사고-감정의 대극을 수직축으로 놓고 감각-직관의 대극을 수평축으로 하여 십자가 모양으로 교차시키고 있다. 비합리적 기능인 감각-직관은 자연과 접촉면을 이루면서 수평적 넓이를 형성하고, 이로부터 파생한 합리적 기능인 사고-감정은 자연과의 접촉을 버리고 수직적인 깊이를 형성한다. 이 수직적 깊이에서 인간의 지적 조작이 일어나고 인위적인 문화가 일어나면서 자연과 멀어지게 되는 것이다.

이 좌표를 바르트의 기호모형에 비교해보면 그 의미가 좀더 뚜렷해진다. 바르트의 모형에서 1차 기호는 기표와 기의가 결합하여 지시적 의미를 형성하는 객관적 수준의 단계다. 이 수준의 언어를 언어-현실(language-realities)이라 하고, 이 수준의 기호가 전달하는 이미지를 기호학자들은 흔히 날 이미지(raw image)라고 부른다. 그런데 이 1차 기호가 다시 하나의 기표가 되면서 새로운 기의와 결합하게 되는데 이 단계를 2차 기호라 한다. 그러니까 2차 기호는 객관적 수준의 1차 기호가 주관과 문화의 렌즈를 통과하면서 굴절한 결과 형성된 함축의미의 체계라 할 수 있다. 동일한 방식으로 2차 기호는 또다른 함축의미로 굴절하면서 3차 기호로 발전한다.

여기서 1차 기호인 언어-현실의 수준은 융의 감각-직관의 수평축에 대응하고, 2차 기호부터는 사고-감정의 수직축에 대응한다고 볼 수 있다. 수평축은 자연 혹은 현실과 접촉면을 형성하는 환유적 결합축이고 수직축은 자연 혹은 현실로부터 멀어지면서 인위적 문화가 형성되는 은유적 계열축이다.

바르트는 이런 까닭에 2차 기호부터는 신화라고 말한다. 그런데 이 주장은 기호학적 모형을 전제하고 있다는 점에 유의해야 한다. 엄밀히 말해서 인간의 심성론적 측면에서 본다면 유아적 원시심성의 특성을 지닌 감각-직관이 이데올로기의 전 단계인 신화의 상(像)을 인식시키기 때문이다. 따라서 1차 기호가 형성되기 이전으로부터 1차 기호에까지 근본적으로 신화는 침투되어 있다. 다만 이 경우의 신화는 자연적적인 것이라는 점에서 2차 기호의 그것과 구별된다. 2차 기호부터는 합리적 기능인 사고-감정에 의해서 인위적이고 능동적으로 신화가 구성되기 때문에 바르트는 기호학적 관점에서 바로 이 단계부터 신화라고 말했던 것이다. 어쨌든 바르트 식으로 말한다면 모든 문장은 신화인 셈이다. 그리고 이 단계의 신화는 분화된 사고-감정이 능동적으로 작동하여 형성한 이데올로기와 언제나 같이 가는 것이므로 또한 모든 문장은 이데올로기의 운반체인 셈이기도 하다. 신화와 이데올로기가 난무

하면 할수록 자연과 현실은 왜곡 날조되고 갈등과 투쟁은 확대 심화될 수밖에 없다.

지금까지의 설명에서 대강 알 수 있듯이 결국 관상시가 겨누고 있는 것은 신화와 이데올로기를 가능한 한 걷어내고 자연과 현실을 있는 그대로 보자는 것이다. 자연과 현실을 마주하고 조용히 관상하자는 것이다. 그렇게 하자면 우선 사고-감정의 수직적 깊이를 최소한으로 축소하고 감각-직관의 수평적 넓이를 극대화해야 한다.

그런데 인간의 정신기능은 서로 상보적 관계에 있기 때문에 한 가지의 기능만 순수하게 작동하지는 않는다. 사고, 감정, 감각, 직관 등이 서로 다소간에 섞이기 마련이다. 예컨대 직관적 사고와 같이 두 기능이 섞이게 되는 것이다. 그러므로 아무리 감각-직관 차원에서 대상을 바라본다고 해도 사고와 감정의 수직적 깊이가 완전히 사라질 수는 없는 것이다. 그리고 내향적 감각이나 내향적 직관의 경우는 주관적 현실이나 정신세계의 영상이 나타나기 때문에 일견 초현실성을 띠기도 한다. 따라서 감각-직관의 수평축이 극대화되는 데 비하여 사고-감정의 수직축이 얼마나 능동적인가 수동적인가 하는 구별이 중요하다. 관상시에서는 사고와 감정은 언제나 수동적이다.

결론적으로 말하자면, 관상시란 눈에 보이는 것이나 의미만을 가지고 너무 생각하지 말고 눈에 보이는 것 너머의 그리고 의미 이전의 보이지 않고 개념화되지 않는 움직임, 즉 상을 느껴보자는 것이다. 상은 느낄 수밖에 없는 것이고 느낌이야말로 개념과 달리 모호하지만 가장 확실한 앎이기 때문이다. 또한 동시에 인식론적 측면을 떠나서라도 시적 감동은 물론이고 모든 예술적 감동에 있어서 그 '감동(感動)'이란 결국 감각-직관의 느낌과 섞여져 있는 미분된 감정에 불과하기 때문이다.

외눈이 마을 그 짐승

ⓒ 김영석 2007

초판인쇄 │ 2007년 11월 1일
초판발행 │ 2007년 11월 9일

지 은 이 │ 김영석
펴 낸 이 │ 강병선
책임편집 │ 조연주 최유미
펴 낸 곳 │ (주)문학동네
출판등록 │ 1993년 10월 22일 제406-2003-000045호

주   소 │ 413-756 경기도 파주시 교하읍 문발리 파주출판도시 513-8
전자우편 │ editor@munhak.com
전화번호 │ 031) 955-8888
팩   스 │ 031) 955-8855

ISBN 978-89-546-0429-1 03810

www.munhak.com

문학동네 시집